EL BARCO
DE VAPOR

Cómo arreglar un libro mojado

Roberto Aliaga

PREMIO EL BARCO DE VAPOR 2017

Ilustraciones de Clara Soriano

fundación sm

La Fundación SM destina los beneficios de las empresas SM a programas culturales y educativos, con especial atención a los colectivos más desfavorecidos.

Si quieres saber más sobre los programas de la Fundación SM, entra en
www.fundacion-sm.org

LITERATURA**SM**•COM

Primera edición: abril de 2017
Novena edición: agosto de 2025

Dirección editorial: Berta Márquez
Coordinación editorial: Carolina Pérez
Dirección de arte: Lara Peces
Coordinación gráfica: Marta Mesa

© del texto: Roberto Aliaga, 2017
© de las ilustraciones: Clara Soriano, 2017
© Ediciones SM, 2017
 Impresores, 2
 Parque Empresarial Prado del Espino
 28660 Boadilla del Monte (Madrid)
 www.grupo-sm.com

ISBN: 978-84-675-9195-8
Depósito legal: M-693-2017
Impreso en España / *Printed in Spain*

El papel utilizado para la impresión de este libro
está calificado como papel ecológico y procede de bosques
gestionados de manera sostenible.

Cualquier forma de reproducción, distribución,
comunicación pública o transformación de esta obra
solo puede ser realizada con la autorización de sus titulares,
salvo excepción prevista por la ley. Diríjase a CEDRO
(Centro Español de Derechos Reprográficos, www.cedro.org)
si necesita fotocopiar o escanear algún fragmento de esta obra.

*Para Aroa e Iván.
Y para María Encarna,
veinte años escribiendo juntos
las páginas de nuestro diario.*

Cómo arreglar un libro mojado

Iniciado por @victor2006 el 13 de mayo a las 21:36 h

1 comentario

 Seguir este tema

---

Hola a todos. Soy nuevo en el foro y os quería preguntar una cosa, porque tengo un amigo que tiene un problema. No es que sea un problema muy gordo, de esos que te pueden cambiar la vida de un día para otro; pero para él, ahora mismo, sí que es importante. Mi amigo necesita saber cómo se arregla un libro mojado. Muchas gracias. Espero vuestras respuestas. Adiós.

por @victor2006 el 13 de mayo a las 21:36 h

♡ Me gusta   Dejar comentario

1

Aunque no te lo creas, lo encontré por casualidad.

Recuerdo que era viernes y estaba anocheciendo. Ya se habían encendido las farolas y a aquella hora no quedaba casi nadie en el parque. Tan solo la niña de las coletas, esa que nunca le hace caso a su abuela, y nosotros.

Mamá leía un libro. Lucas estaba escuchando música en su coche –un coche de bebé, no vayas a pensarte– y yo... yo me columpiaba con todas mis fuerzas intentando ganar la batalla.

¡Atrás y adelante!

En ese momento, no había nada que me importase más. Ni las notas de clase, ni el cambio climático, ni la paz en el mundo...

¡Atrás y adelante!

Todo mi ser estaba concentrado en la grandiosa tarea de derrotar por primera vez a la niña de las coletas. Las cadenas del columpio se me clavaban en las palmas de las manos y hasta me hacía daño al morderme los labios, pero no podía consentir que aquella mocosa desobediente volviera a ganarme.

Y el caso es que ya me llevaba algo de ventaja, porque, como estaba muy delgada, su columpio subía más que el mío. No mucho. A lo mejor un metro. Y si daba la sensación de que me ganaba por más, era solo porque en cada ascenso ella adelantaba la cabeza así, estirando el cuello como los caballos de carreras cuando se acercan a la línea de meta.

¡Atrás y adelante!

Entonces, he de reconocerlo, jugué un poco sucio.

El fin justifica los medios.

No suelo hacerlo casi nunca, de verdad. Pero es que solo de pensar en que iba a tener que aguantar otra vez sus carcajadas orgullosas, de caballo vencedor, me ponía enfermo. Porque ella no se limitaba a ganarme, no. Encima se chuleaba todo el rato y, con su voz desagradable, se ponía a decir frases tontas del tipo: «Chincha, rabiña, que tengo una piña con muchos piñones y tú no los comes».

En serio, era insoportable.

Por eso no me avergüenza decirlo alto y claro: «Hola, me llamo Víctor y aquel día jugué sucio».

Cuando ella ya se creía la ganadora de la competición de columpios, cuando su sonrisa caballuna se iba ensanchando poco a poco y estaba a punto de soltar el primer relincho, yo me adelanté y di un grito.

¡AAAAAAH!

O a lo mejor fue un alarido.

Ahora mismo no sé qué palabra lo define mejor, porque sonó bastante; pero Lucas y mamá ni se enteraron. No fue tan fuerte como para interrumpir el concierto de Mozart del primero o conseguir sacar de la lectura a la segunda (aunque lo cierto es que eso muy pocas cosas lo consiguen).

Entonces, la niña de las coletas se me quedó mirando, sorprendida, con la boca abierta. Igual que los villanos de las películas cuando descubren que el héroe acaba de sacarse de la manga un arma secreta supermortífera en el último segundo. Así fue. No se lo esperaba.

Yo había intentado disfrazar mi grito. Quería que pareciera un grito involuntario, de esos que te salen de dentro por el enorme esfuerzo que estás haciendo. Como los de los tenistas.

Pero no coló. La niña de las coletas es lista, y enseguida se dio cuenta de cuál era mi verdadera intención.

–¡Venga, hijita, vámonos ya, que es muy tarde! ¡Baja ahora mismo del trapecio! –exclamó doña Vicenta, su abuela, que siempre llama trapecios a los columpios porque cuando era joven (debe de hacer la tira de años) trabajó en un circo.

¡Bingo!

Mi alarido había conseguido despertarla de su siestecita y así fastidiar a la mocosa que, por supuesto, ahora se pondría a lloriquear y a dar vueltas al parque y a inventarse mil excusas para no volver a casa.

Era una niña de rutinas.

¿Y quién iba a ser el vencedor de aquella batalla?

¿Quién iba a seguir columpiándose victorioso, levantando los pies hacia el cielo oscurecido mientras su contrincante abandonaba la partida y se dejaba caer al suelo?

¿Quién?

Pues nada más y nada menos que...

—¡Tablas! —gritó la mocosa antes de empezar a lloriquear. Y qué bien lo hacía. Era una experta. Hasta me pareció ver que ya tenía un par de lágrimas en la recámara, esperando instrucciones para inundar sus mejillas.

–¿¡Qué dices!? –me quejé–. ¡Si te bajas has perdido!

–¡La has despertado tú, mentecato! ¡He dicho que son tablas y son tablas! ¡Y si te pones chulito se lo digo a mi padre, que es policía y te mete en el calabozo!

Así es ella de contundente.

Está tan consentida que siempre tiene que quedar por encima de todo el mundo, aunque sea con amenazas.

Pero a mí me daba igual lo que dijera. Yo había ganado, y eso era lo único que importaba.

Seguí balanceándome plácidamente. Hacia atrás y hacia adelante. Tomando impulso, estirando los pies en cada subida. Nada ni nadie iba a empañar ese momento de placer.

Me sentía vencedor, y era una sensación bastante chula a la que no estaba acostumbrado, para qué vamos a engañarnos.

Hacia atrás y hacia adelante, tan arriba que casi podía tocar la luna con mis zapatillas de deporte; o darle una patada, si se me antojaba, mientras disfrutaba de aquel agradable cosquilleo en la barriga...

¡¡¡Noooo!!!

De repente, sentí que se me había escapado una gota de pis.

No te rías. Seguro que a ti también te ha pasado alguna vez.

Con la emoción del combate, ni me había dado cuenta de que tenía la vejiga tan llena. Casi a punto de explotar. No había ido al baño en toda la tarde. Y entre el zumo, las dos o tres veces que había bebido agua de la fuente para refrescarme y las subidas del columpio... Pues eso.

Eché los pies al suelo rápidamente y me frené con las suelas de las zapatillas, levantando una nube de polvo. Ese sonido fue muchísimo más leve que mi grito de antes y, sin embargo, sí que consiguió sacar a mamá de las páginas de su libro. Tiene una obsesión especial con que no me rompa el calzado, y cualquier cosa que tenga que ver con eso le hace saltar una alarma en el cerebro. Lo tengo comprobado.

–¡Víctor! ¡Las deportivas!

¿Lo ves?

–¡Y vámonos ya, que es muy tarde! –dijo. Qué poco original. Había utilizado casi las mismas palabras que doña Vicenta–. ¡Venga! ¡Despídete de tu amiguita!

¿Cómo? ¿Que me despidiera de quién?

¡Mi propia madre acababa de decir que la mocosa era mi... mi... «amiguita»!

Qué vergüenza. ¡Pero si solo iba a cuarto! ¡Si era mucho más pequeña que yo! ¡Y también era una llorica! ¡Y una entrometida! ¡Y una...!

Menos mal que ya no quedaba nadie en el parque, porque comentarios de este tipo eran los que menos necesitaba mi popularidad para seguir pasando inadvertida.

*NOTA MENTAL:

Hablar seriamente con mamá y explicarle que si nos columpiamos juntos no es porque seamos amigos. Al contrario: ¡Somos rivales! ¡Contrincantes! ¡Enemigos! ¡Adversarios!

Después hablaría con ella, porque ahora no podía. Tenía que solucionar con urgencia otros asuntos.

Me miré la braguera para ver si el pis había traspasado las dos barreras de contención. Solo faltaba eso: que en una de sus idas y venidas por el parque, corriendo delante de su abuela, la mocosa (que no era mi amiga, repito, por si no te ha quedado lo suficientemente claro) me viera con los pantalones mojados.

Pero no. Estaban secos. Menos mal. Y cada segundo contaba. ¡No había tiempo que perder!

Me dirigí lo más rápido que pude hasta el rincón de los toboganes y allí, junto a los setos, me bajé la cremallera a toda prisa y casi ni me dio tiempo a bajarme los calzoncillos. El chorro de pis salió disparado como la manguera de un bombero sin bombero. O como cuando inflas un globo y se te escapa antes de hacer el nudo.

¡PSSSS!

Qué alivio...

Aunque no duró mucho, porque enseguida me di cuenta de que algo no iba bien.

Sí. Creo que fue por el sonido.

Después de hacer pis, me agaché a inspeccionar a la luz de las farolas, y en ese preciso instante fue cuando me lo encontré.

Allí, en el suelo, escondido entre los setos del parque, había un libro.

Un libro de color mostaza.

Un libro sobre el que yo –como los perros hacen con las esquinas, y con las ruedas de los coches, y con las farolas, y con las papeleras...– acababa de hacer pis.

¡Si se enteraba mamá, era niño muerto!

¿Te he dicho ya que es bibliotecaria?

Cómo arreglar un libro mojado

Iniciado por @victor2006 el 13 de mayo a las 21:36 h
4 comentarios

👁 Seguir este tema

No, @LadyVikinga, no se ha caído a la bañera. Solo se ha mojado la cubierta, que es de tela. Y tampoco se ha mojado de agua ni de fanta de naranja. A mi amigo le da mucha vergüenza, porque no lo hizo adrede, pero el libro está mojado de pis. ¡Y suelta una peste…!

por @victor2006 el 13 de mayo a las 21:48 h

♡ Me gusta   Dejar comentario

2

Al llegar a casa, me metí corriendo en el cuarto de baño, eché el cerrojo y me levanté la camiseta frente al espejo del lavabo.

Llevaba el libro sujeto por la cinturilla del pantalón. Me lo había escondido ahí para que mamá no lo viera. Pero cuando intenté sacarlo, no pude. El libro se había pegado a mi tripa como una sanguijuela. ¡Qué asco! Una enorme sanguijuela cuadrada de color mostaza que apestaba a pis de gato.

¡Miauuu!

A lo mejor estás pensando que no debí llevármelo a casa. Y, en parte, puede que tengas razón.

Yo también lo pensé al día siguiente. Pero, en mi defensa, tengo que decir que en los momentos de estrés uno suele hacer lo primero que se le pasa por la cabeza.

Mi madre es bibliotecaria, ya lo sabes. Bibliotecaria en la biblioteca pública y lectora compulsiva en casa. Y cuando uno vive en un piso con las paredes forradas de libros desde el suelo hasta el techo, en fin, digamos que tiene una percepción ligeramente distinta de algunas cosas.

Por eso, antes de pensar que lo que hice estuvo mal, tendrías que ponerte en mi pellejo. Empatía se llama. Con acento en la i. El diccionario dice:

empatía
A partir del gr. ἐμπάθεια empátheia.
1. f. Sentimiento de identificación con algo o alguien.
2. f. Capacidad de identificarse con alguien y compartir sus sentimientos.

Pues eso.

Y en aquel momento, frente al espejo, mi sentimiento era de culpa.

Cualquier jurado popular –con piedad o sin ella– me habría metido de cabeza en una cárcel para niños delincuentes. No era para menos. Había manchado de pis aquello que en mi mundo era lo más sagrado: un libro.

Resultaba bochornoso. Lo peor de lo peor.

Si mamá llegaba a enterarse, no me lo perdonaría en la vida. Tú no la conoces. Su reacción podría ser imprevisible. ¿Y si le daba por ponerme pañales como a Lucas para que no volviera a hacerlo nunca más? ¡Los pantalones me apretarían en el culo y sería el hazmerreír del colegio!

Por eso cogí el libro y me lo guardé bajo la camiseta.

Por eso fui unos pasos por delante de mamá y de Lucas y me encerré en el baño nada más llegar a casa, para limpiar aquel libro cuanto antes y luego poder devolverlo a su escondite al día siguiente, como si nada hubiera ocurrido. Ese era el plan.

¡Y, en teoría, era un plan perfecto!

Pero no tengo suerte. Nunca la he tenido.

Por desgracia, siempre me surgen montones y montones de imprevistos en todo lo que planifico. No sé cómo lo hago.

El primero de ellos fue el imprevisto sanguijuela.

No creo que la culpa fuera de mi barriga. Yo tengo una barriga estándar, con su ombligo, sus redondeces y esas cosas. No es ni gorda ni flaca. Pero el caso es que de alguna manera se había convertido en una barriga ventosa. Por más que me esforzaba, era imposible despegar el libro.

Probé a tirar de él con las dos manos.

Intenté despegarlo por una de las esquinas.
Y luego, por las otras tres.
Nada.
El libro no se movía ni un milímetro.

A lo mejor fue porque estaba sudando a chorros, a causa de los nervios, y al mezclarse el sudor con el pis se había producido una reacción química que dio lugar a cianoacrilato, el compuesto del pegamento fuerte, ese que te pega los dedos si no tienes cuidado y ya te quedas así para siempre. No me preguntes por qué, pero me gusta leer la composición de las cosas: del pegamento, del champú anticaspa, de la mortadela con aceitunas... ¿Tú no lo haces? Pues muy mal, porque así te habrías enterado de que el colorante de la mortadela lo sacan de las cochinillas (más conocidas por su nombre en clave: E-120).

La situación se complicaba por momentos, y yo me estaba poniendo cada vez más nervioso, así que apoyé las manos sobre el lavabo, me miré a los ojos en el espejo y tomé aire un par de veces.

Inspira, espira.
Dicen que funciona.
Inspira, espira.
Se supone que te llega más oxígeno al cerebro y las neuronas se ventilan, se airean y se oxigenan,

y de repente se te ocurre una solución casi sin darte cuenta. Como lo del anillo. Porque fue en ese momento cuando me acordé del anillo de la abuela. Lo tenía en el dedo anular de la mano derecha. Allí llevaba muchísimos años, sin decir ni pío. Pero, un buen día, a la abuela le dio por quitárselo, y no hubo manera.

Yo fui corriendo a buscar en internet el número de teléfono de los bomberos, porque todo el mundo sabe que los bomberos tienen sierras especiales para cortar anillos (y dedos) (y dedos con anillos), pero no hizo falta. Mamá cogió gel de baño, le pringó bien la mano a la abuela, y el anillo salió como por arte de magia.

Así que, más o menos, eso fue lo que hice yo.

Me senté en la bañera, destapé el gel de frutas del bosque y, mientras con una mano intentaba despegar el libro de mi barriga, con la otra iba echando chorritos de gel por la parte de arriba.

Fue un trabajo de precisión. Gasté casi medio bote, pero al final conseguí que el libro se separara de mi barriga. ¡Y sin manchar las páginas!

Luego, intenté limpiarlo todo –mi barriga y el libro– con una enorme bola de papel higiénico. Pero tengo que confesarte que no fue una buena

idea. El papel se fue despedazando y todo el suelo se llenó de pelotillas de papel con gel de baño. Así que decidí sustituirlo por la toalla del lavabo.

Con ella volví a secar mi barriga, por arriba y por abajo, y el libro, por delante y por detrás.

Me pasé al menos cinco minutos restregando para eliminar los restos de jabón. Hasta me dolían los dedos de tanto frotar. Pero, aun así, la tela de la cubierta seguía estando un poco pringosa.

Eso sí, oler, olía de maravilla. A frutas del bosque.

Acerqué la nariz y me llené los pulmones con el aroma que desprendía, a frambuesas, moras y arándanos. Al menos había solucionado una parte del problema. Le di la vuelta al libro y volví a inspirar profundamente...

¡Miauuu!

¡Qué asco! ¡Casi vomito!

Aunque lo había limpiado con la toalla, por el otro lado apestaba a pis de gato.

¡Y mi paciencia se estaba agotando!

Me miré a los ojos en el espejo del lavabo con cara de desafío. A ver, ¿qué más me podía pasar?

¡Toc, toc, toc!

Del susto, el libro se me cayó al suelo.

No, por favor. Ahora no.

—¡Víctor! ¿Estás ahí? —preguntó mamá desde el otro lado de la puerta—. ¿O te has colado por el váter? ¡Ábreme, anda, que necesito entrar!

Estarás pensando que en ese instante me puse como un loco a recoger el baño, a limpiar las pelotillas de papel higiénico que había por el suelo, a esconder la toalla en el cesto de la ropa sucia, a ponerme la camiseta aunque fuera del revés...

Falso.

En el minuto que siguió al *toc, toc, toc* de la puerta no moví ni un solo músculo de mi cuerpo. Permanecí como una estatua, de rodillas frente al libro mostaza.

El libro que no era un libro.

Hasta entonces no me había molestado en abrirlo. Qué tonto, ¿verdad? Ni se me había ocurrido.

Pero al caer al suelo se había abierto él solito, a propósito...

... para mostrarme que sus páginas estaban escritas a mano.

¡Porque era un diario!

Cómo arreglar un libro mojado

Iniciado por @victor2006 el 13 de mayo a las 21:36 h

7 comentarios

👁 Seguir este tema

Hola a todos otra vez, y muchas gracias por vuestros comentarios. A mi amigo le han servido de mucho. Con lo del secador y las toallitas de bebé, el libro ha quedado muy bien. Ya casi no se nota lo que pasó. Ahora solo huele a frutas del bosque.

El caso es que me gustaría preguntaros otra duda que le ha surgido a un vecino mío que no tiene internet y me ha pedido que os lo pregunte a vosotros. ¿Alguien sabe si te pueden meter en la cárcel por robar un diario, aunque haya sido sin querer? ¿Y por leerlo?

por @victor2006 el 13 de mayo a las 22:32 h

♡ Me gusta   Dejar comentario

3

¡Qué fuerte! ¡Un diario!

¡Un diario escrito a mano! ¡Con boli!

Estaba tan preocupado por el curso de los acontecimientos que ni siquiera pude prestarle atención a la bronca de mamá. Porque me echó una bronca, y de las gordas, por haber dejado el baño como una pocilga.

A mamá le encanta comparar todo lo mío con las pocilgas: mi cuarto, mi mesa de estudio, mi armario, mi mochila... Y la verdad es que yo no entiendo muy bien a lo que se refiere, porque nunca he estado en una pocilga, y dudo mucho que mamá haya visitado alguna. No sé, a lo mejor las ha visto por la tele, en un documental o algo así, pero le chiflan. Pocilgas por aquí, pocilgas por allá... ¡Está obsesionada con las pocilgas! Como si para ella fueran la representación del infierno, o algo aún peor, porque hasta pone cara de asco y arruga la nariz cuando las nombra.

Pocilga, pocilga, pocilga...
¿A que ya suena raro?

Tantas veces lo dijo esa noche, y tan enfadada, que la palabra dejó de tener un significado claro para mí. Y la bronca también. Digamos que desconecté casi desde la primera pocilga.

No pienses que soy de ese tipo de personas que no prestan atención a las regañinas de sus padres (aunque todos lo hemos hecho alguna vez, ¿a que sí?), pero hay que ser práctico, y en aquel momento tenía un montón de cosas más importantes sobre las que reflexionar.

Soy un tipo reflexivo.

Mientras mamá soltaba el sermón de las pocilgas, yo me hice un esquema mental:

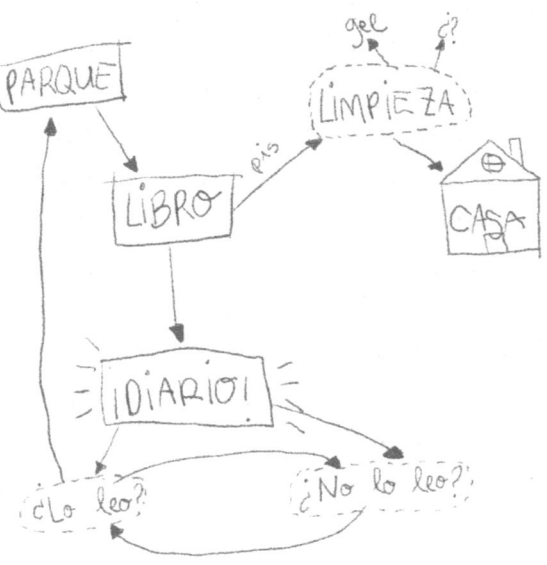

Y, como puedes ver, me quedé atascado en el bucle *¿Lo leo? ¿No lo leo?*

Me picaba tanto la curiosidad que quería echarle un vistazo al libro. No podía evitarlo. Pero al mismo tiempo sabía que eso estaba fatal.

Qué digo fatal, ¡seguro que hasta era un delito!

Aunque, puestos a delinquir, total, por uno más... Y así no me quedaba con la duda reconcomiéndome las entrañas para siempre.

No. Qué va. Yo no era así. Yo jamás pisotearía la intimidad de otro niño (me habría apostado mi gorra roja de la suerte a que era la letra de un niño), porque, si tuviera un diario, a mí tampoco me gustaría que nadie lo leyera. ¿O es que a ti sí?

Pero, ahora que lo dices, también es cierto que, si no quieres que nadie lea tu diario, lo último que haces es dejarlo escondido entre los setos de un parque municipal.

¡Seamos sensatos!

A menos... A menos que en él escribas algo de lo que no quieras que se enteren en tu casa. Porque todo el mundo sabe que el mayor peligro que tiene un diario, después de los hermanos (mayores, menores y gemelos o mellizos), son los padres. Sí, los padres. Si les preguntas, ellos te dirán que no, que jamás se les ocurriría hacer algo así, pero eso lo dicen solo para quedar bien.

¿Lo leo? ¿O no lo leo?

Estuve así durante muchísimo tiempo, sin parar de dar vueltas en círculo, como los coches de mi Scalextric.

Mientras recogía el baño.

Mientras cenaba.

Mientras terminaba de limpiar el libro mostaza. Porque no te lo he contado, pero, antes de que mamá entrara en el baño, en el último momento, conseguí esconderlo.

Sí. Lo metí debajo del mueble del lavabo de una patada y mamá ni lo vio. En realidad, el escondite es de Lucas. Le encanta meter ahí sus coches. Lo hace siempre. ¿Y a que no sabes a quién le toca sacarlos después?

Más tarde, terminé de limpiar el diario mostaza con toallitas de bebé y le pasé el secador del pelo. Se quedó como nuevo. O casi como nuevo.

Cené rápido y, justo cuando me encaminaba hacia mi habitación, papá salió del baño con la toalla de secarnos las manos pegada a su nariz, diciendo:

–La puse limpia esta mañana, pero huele un poco raro, ¿no?

¡Miauuu!

—¡Pregúntale a tu hijo! —exclamó mamá desde el pasillo biblioteca. Y por el tono de voz, yo diría que aún no se le había pasado el enfado.

Pero ni papá me preguntó ni yo le contesté. Mejor.

¿Lo leo? ¿O no lo leo?

Todavía no me había decidido.

Parecía el gallo Quirico, repitiéndome una y otra vez: «Si pico, me mancho el pico, y si no pico, me quedo con hambre... ¿Qué haré?».

En el cuento, el gallo picó.

Y en esta historia, yo también.

Sí. Lo leí. Pero solo la primera página. Digamos que hice un trato conmigo mismo, como hacen los delincuentes con los fiscales cuando aceptan colaborar con la justicia y chivarse de los otros malos amigos suyos para así no ir a la cárcel.

Me prometí solemnemente que solo leería la primera página.

Palabra de honor.

Y eso fue lo que hice.

Sábado 23 de abril

Día 1

Hoy es el día.
Mis amigos no querían que me fuera
y se han puesto a alborotar junto a la puerta,
aunque no ha servido de nada.
Al final se han quedado muy tristes.
Yo también. Pero tenía que irme,
porque me han adoptado.
Ahora tengo una casa nueva.
Y un hermano nuevo.
Y unos padres nuevos.
También tengo mucho miedo.
Por eso tiemblo.

4

¿TE HA PASADO ALGUNA VEZ que no sabes si hacer una cosa o no hacerla, y al final la haces, y luego no paras de decirte: «No lo tenía que haber hecho, no lo tenía que haber hecho»?

Pues eso.

Después de leer la primera página del diario, me sentí tan mal tan mal que se me hizo un nudo en el estómago y hasta me sentó mal la cena.

Fue como una bofetada de realidad.

¡Plas!

Porque me esperaba otra cosa. Algo así como un diario normal y corriente, de esos donde se escribe que la profe de Educación Física tiene otro novio, que tu hermana ha perdido las llaves de casa y habéis tenido que cambiar todas las cerraduras, o que tú has sacado un nueve setenta y cinco en el examen de Lengua solo porque se te olvidó poner una tilde en una i. ¡Y no somos máquinas! ¡Somos personas, y tenemos todo el derecho del mundo a equivocarnos de vez en cuando!

Situaciones habituales de la vida cotidiana.

Sin embargo, me había encontrado con aquel drama. ¡Qué digo drama! ¡Era un dramón!

¿Cómo no iba a tener miedo aquel niño? (Porque seguro que era un niño).

Poniéndome en su lugar, me daba miedo hasta a mí, y eso que estaba en mi casa, metido en mi cama y con mis padres de toda la vida en la habitación de al lado.

Nunca antes lo había pensado así, fríamente, pero, cuando eres huérfano y te van a adoptar, ¿no tienes elección?, ¿no puedes decir nada?

¿Y si no te quieres ir con esos desconocidos? ¿Y si prefieres quedarte para siempre con tus amigos del orfanato?

¿Es que tu opinión no cuenta?

Porque, en el diario, el niño había escrito «tenía que irme». Y «tenía que irme» suena a «no quería irme, pero me obligaron a irme». ¡Por favor! ¿Dónde está la policía? ¡Eso es un secuestro!

Se me hizo un nudo en la garganta.

Pobrecito, ¿no?

–Buenas noches, Víctor.

Era papá, asomando la nariz por la puerta de mi habitación.

No lo hizo aposta, pero me dio un buen susto. De hecho, creo que di un bote en la cama, porque hasta él se dio cuenta.

—¡Ay, perdona! Te he asustado, ¿verdad?

Pues sí, me había asustado, pero dije que no con la cabeza mientras escondía el libro bajo las sábanas.

Aun así, papá se acercó a mi cama.

—¿Qué te pasa? —preguntó—. ¿Estás llorando?

—¡No, qué va! —le contesté yo, haciendo un gran esfuerzo por que mi voz sonara normal—. Es que se me ha metido algo en el ojo.

Y era verdad, no vayas a pensarte.

La bombilla de mi mesita de noche es de bajo consumo y da muy poca luz, porque papá está en plan ahorrativo desde que las compañías eléctricas subieron los precios. Además, él no llevaba puestas las gafas porque ya se iba a la cama, y, en fin, entre unas cosas y otras, creyó ver lo que no era. Y punto.

Papá me pasó la yema de sus pulgares por las mejillas. Justo debajo de los ojos.

Después me dio un beso en la frente y salió de la habitación.

Y, como ya los conozco, empecé la cuenta atrás:

Cinco.

Cuatro.
Tres.
Dos.
Uno.
Cero setenta y cinco...

La puerta se abrió y allí estaba mamá. Se acercó hasta mi cama en silencio, se sentó a mi lado y me acarició el pelo.

–Perdóname, Víctor. A lo mejor he sido demasiado dura contigo, pero es que a veces me pones de los nervios, hijo.

Y suspiró.

Me dio un poco de pena. Papá le había ido con el cuento y ella creía que las lágrimas de antes eran por su bronca.

–Porque ya eres mayor –continuó–, y no me espero ciertos comportamientos como el de hoy. Te encierras media hora en el baño y lo dejas todo hecho una...

¿A que no adivinas cuál fue la siguiente palabra?

¡Premio!

¡POCILGA!

Pero fue una pocilga susurrada, calentita, dulce, con esa voz inconfundible de mamá y el olor de su aliento.

Entonces volví a pensar en el niño del diario. En lo que yo tenía y él no. Y en lo mal que debió de pasarlo aquel día 23 de abril...

Sin querer, se me escapó un sollozo.

Mamá me abrazó más fuerte. Y así me quedé dormido.

DIARIO DEL CABO
TU INFORMACIÓN, AL FIN Y AL CABO

▶ **La proximidad de las elecciones acelera las mejoras en urbanismo previstas por el Consistorio Municipal.**

A. A.

Según han podido confirmar fuentes consultadas por este diario, se prevé que, de cara a las próximas elecciones, desde el ayuntamiento de nuestra localidad se intensifiquen las obras de mejora urbanística previstas –o no– para esta legislatura.

El concejal de urbanismo, por su parte, ha manifestado en una rueda de prensa que las obras que está acometiendo últimamente su concejalía, además de las que tiene previsto acometer en las próximas semanas, son absolutamente necesarias para la armonía y el buen desarrollo de la vida de los vecinos, y que nada tienen que ver con el referido calendario electoral, que, por otra parte, tanto preocupa al señor alcalde y a él mismo. A continuación, ha pasado a detallar los nombres de las calles, plazas, avenidas, pasajes y rotondas sobre los que tienen previsto intervenir. ■

5

Menos mal que el diario mostaza ya estaba limpio, porque pasó toda la noche dentro de mi cama.

Nos despertamos al amanecer, abrazados el uno al otro. Pero nuestra relación tenía los días contados.

Y tanto...

Me levanté de un salto, impaciente por quitarme ese peso de encima, y, mientras me tomaba el desayuno a la velocidad de la luz, le dije a mamá que quería irme un rato al parque.

–Ah –dijo ella mientras le sacaba a Lucas un OMNI (Objeto Masticable No Identificado) de la boca–, pues espera un segundo y nos vamos contigo, ¿de acuerdo?

Ese plural no me gustó nada. Incluía a mi hermano.

–No, mamá, por favor –le supliqué–. Hoy no quiero jugar con Lucas. Es muy aburrido. Y se enfada y llora todo el rato. Además, he quedado con Carlos.

Carlos es uno de mis vecinos. A mamá le gusta que quede con él porque ella es amiga de su madre.

Para mí, Carlos también es un as en la manga. No lo hace aposta, pero es un poco desastre. Da igual que hayas quedado con él o no, porque, como nunca acude a sus citas, puedes utilizarlo en caso de necesidad. Como ahora.

–De acuerdo –accedió mamá, casi con ternura. Y me desconcertó. No me esperaba que fuera a aceptar tan rápido. Se ve que aún estaba un poco afectada por lo de anoche–. Adelántate tú y dentro de un rato vamos nosotros. ¡Pero ten mucho cuidado!

–Sí, mamá.

–Y mira bien antes de cruzar la calle.

–Sí, mamá.

–¡A los dos lados!

–Sí, mamá.

Esto te suena, ¿verdad?

—Y si te ves en peligro, ¡grita!

En serio, algunas veces me da la impresión de que mi madre se cree que es Superman o algo así.

Aunque un poco de razón sí que tiene. Vivimos tan cerca del parque que, si diera un grito desde los columpios, lo más probable es que ella me escuchara; a no ser que estuviera leyendo un libro. En ese caso, ni un grito ni la bocina de un transatlántico.

Fui a mi habitación, volví a colocarme el diario en la cinturilla del pantalón y salí a la calle.

Hacía un día espléndido. Se notaba que era sábado. Respiré profundamente el aire de la mañana y, con una sonrisa de felicidad dibujada en el rostro, me dirigí hacia mi destino.

No quería saber nada más de aquella historia.

Devolvería el libro mostaza a su seto y haría un esfuerzo por olvidarme de todo cuanto antes.

Bye bye, colega. Nuestros caminos se separan...
¡¡¡Noooo!!!

Tranquilo. No se me había escapado ninguna gota de pis.

Sí, ya sé que es el mismo grito, pero ahora era cien veces peor.

En aquel momento, acababa de llegar a la esquina y estaba esperando a que el semáforo se pu-

siera en verde frente a una de las puertas del parque. Solo que, inexplicablemente, ¡el parque no era el parque!

A ver, entiéndeme, sí que era el parque. ¡Pero era un parque distinto!

¡Había cambiado de la noche a la mañana!

Cuando los coches se detuvieron, crucé el paso de peatones, entré y caminé un trecho mirando a mi alrededor con la boca abierta.

¡No me lo podía creer!

Ahora todo estaba lleno de excavadoras amarillas, y de camiones amarillos, y de vallas amari-

llas, y de operarios con gorros sobre la cabeza, también amarillos.

Y lo peor de todo era que donde antes estaban los setos ahora había una zanja. ¡Los habían arrancado de cuajo!

Me quedé como si me hubieran echado un cubo de agua fría sobre la cabeza.

Me faltó esto para echarme a llorar. Te lo juro.

–Sí, a mí también me han fastidiado el plan –dijo una voz a mi espalda–. ¡Estos mentecatos se están cargando el parque!

¿Adivinas quién era?

¡Bingo!

Me giré lentamente y allí estaba ella, la mocosa, apuntándome al ombligo con una especie de pistola láser que llevaba en las manos, conectada por un cable a unos auriculares.

Intenté meter barriga, pero no sirvió de nada.

–¿Qué llevas ahí escondido? –me preguntó.

Domingo 24 de abril

Día 2

Hoy no he comido casi nada.
Mi papá nuevo me ha llegado a poner hasta tres platos con cosas distintas, pero no tengo hambre.
No lo hago aposta. Es como si hubiera perdido el apetito en el camino.
Al final, papá lo ha tirado todo al cubo de la basura y ha salido de la cocina refunfuñando. Creo que se ha enfadado un poco conmigo.
El «casi» es por un trozo de chocolatina. Me la acaba de dar mi hermano, antes de irnos a la cama.
Y también me ha dado un beso.
Creo que le caigo bien.

6

–¿Eh? –insistió–. ¿Qué llevas ahí escondido?

–Nada que te incumba –le contesté yo–. Y deja de apuntarme con eso. No me gustan las pistolas.

A la mocosa le hizo mucha gracia mi comentario.

–No es una pistola, tonto –dijo con una risita de suficiencia–. Es un amplificador de sonido con antena parabólica. Se utiliza para escuchar el canto de las aves. Me gusta mucho la ornitología, ¿sabes? Soy miembro de una asociación ornitológica y estamos haciendo un estudio sobre aves urbanas.

Parecía que le habían dado cuerda. Me dio tanta información en tan poco tiempo que no fui capaz de asimilarla por completo.

Y no creas que se quedó ahí, no. Siguió hablando durante un rato, como una locomotora:

–Pero con este jaleo las han espantado. A las aves no les gusta que los obreros del ayuntamiento perturben su hábitat. Así que me han fastidiado la investigación y ahora no tengo nada que hacer.

La mocosa miró al cielo y soltó un suspiro de pesar, pero yo creo que fue puro teatro, porque enseguida se recompuso y volvió a apuntarme a la barriga con su pistola parabólica amplificadora:

–¿A qué has venido tú? –me preguntó–. ¿Y qué llevas ahí escondido? ¿Es un libro? También me gustan mucho los libros, ¿sabes? Ayer terminé de leerme uno de doscientas páginas. ¿Me dejas verlo?

–¡Que te he dicho que no! –insistí, apartándole la mano como quien aparta una avispa que se acerca demasiado.

Por si no lo sabes, las avispas pican. Hay que tener mucho cuidado con ellas.

La mocosa entornó los ojos.

Apretó los labios.

Las ventanas de su nariz se dilataron y se hicieron más grandes.

Me avergüenza un poco reconocerlo, porque no me deja en buen lugar, pero en ese preciso instante daba más miedo que Clint Eastwood en *La muerte tenía un precio* (es la película favorita de mi abuelo).

—¿Qué te apuestas a que lo veo? —me retó.

—Lo que quieras —dije yo.

Qué ingenuo.

¿Sabes lo que hizo ella a continuación?

Se transformó.

Allí mismo, en mitad del parque, a plena luz del día, la mocosa comenzó a encogerse lentamente, manipulando sus músculos faciales como si estuviera mirándose en el espejo en busca de la cara más grotesca jamás representada. Y cuando por fin la encontró, se puso a gritar como una loca:

—¡Devuélveme mi libro! —vociferó, pataleando sobre la arena del parque—. ¡Es un ladrón! ¡Me ha quitado mi libro!

El sol se ocultó inesperadamente tras unos nubarrones grises. Y cayó un rayo. Y retumbó un trueno.

En un instante, regueros de lágrimas salpicaban sus mejillas.

Ya te dije que era una experta.

En dos segundos de reloj, además de cambiar el tiempo, la mocosa había conseguido que yo me pusiera tan colorado como un pimiento rojo

y que todo el mundo se nos quedara mirando. Hasta los obreros dejaron de hacer lo que estaban haciendo y giraron sus viseras amarillas hacia nosotros.

¡Qué vergüenza!

—¡Qué poca vergüenza! —exclamó un anciano sentado dos bancos más allá, junto a los aparatos de gimnasia—. ¡Devuélvele el libro a la chiquilla! ¿Te parece bonito molestar a una niña tan pequeña?

Claro, como se había encogido aposta, la mocosa parecía mucho más mocosa de lo que realmente era. ¡Pero se trataba de una farsa! ¡Una mentira! ¡Un engaño!

¡Solo tenía un año menos que yo!

Aunque me duela, tengo que reconocer que perdí la batalla y no tuve más remedio que sacarme el diario mostaza de debajo de la camiseta y dárselo.

¿Qué hubieras hecho tú en mi lugar?

—Graciaaaas —dijo ella, satisfecha, estirando la mano para agarrar el libro. Y al instante, recuperó su tamaño habitual.

Las nubes se desvanecieron y volvió a salir el sol. Sin embargo, yo no conseguí recuperarme tan rápidamente. Las mejillas me ardían. Debía de estar coloradísimo. Mi cara tardaría un rato en volver a tener su color de siempre.

La mocosa esbozó una sonrisa y, además, tuvo la cara de decirme:

—No te enfades conmigo. Después de todo, fuiste tú quien se inventó lo de los gritos para llamar la atención de los demás. ¿O es que ya no te acuerdas?

Fue un golpe bajo. Claro que me acordaba.

Se refería al grito que di el día anterior para despertar a su abuela, cuando pasó lo de los columpios.

¿Ves lo que pasa por jugar sucio?

La mocosa tiró del libro. Lo teníamos agarrado los dos, yo con una mano y ella con otra. Pero no lo solté.

No todavía, al menos.

Aunque había perdido la batalla, seguía siendo yo el que ponía las condiciones.

—Aquí no —le dije—. Vamos debajo de aquel sauce llorón, para estar más escondidos. No quiero que nos vean.

—¿No quieres que te vean conmigo? —preguntó, haciéndose la sorprendida, y se tapó la boca con la palma de la mano. Yo, si fuera ella, dejaba lo de los pájaros y me apuntaba a alguna extraescolar de teatro, porque ¡menuda actriz estaba hecha!

–No –contesté–. No quiero que me vean contigo. Y tampoco quiero que me vean con el libro, porque da la casualidad de que no es mío.

La mocosa dejó escapar un silbido.

–O sea que sí, que lo has robado. ¡Eres un ladrón de libros! ¡Esto se pone interesante!

Caminamos hasta el banco, llevando el libro entre los dos, cada uno con una mano, y, una vez allí, nos sentamos a la vez.

Solo entonces lo solté.

Ella dejó a un lado el amplificador supersónico con auriculares parabólicos, se sentó como los indios y se colocó el libro mostaza sobre las piernas. Pero antes de abrirlo me miró a los ojos:

–Dos cosas: la primera –me dijo, señalando con el dedo índice hacia arriba–, que esto no es un sauce llorón, es un pimentero falso. Deberías saberlo. Anda que no se nota. Y la segunda, que estoy un poco harta de que me llames mocosa todo el rato. Me llamo Sara, ¿de acuerdo?

Tragué saliva.

–De acuerdo –le contesté.

Y sí. A mí también me sorprendió.

Lunes 25 de abril

Día 3

Me aburro un poco en casa.
Mis papás nuevos se han ido a trabajar
por la mañana, y a mi hermano lo han llevado
al colegio. Pero a mí no.
A mí me han dejado aquí sola hasta la tarde.
Y no puedo salir porque cierran todas
las puertas y echan la llave.
Y no sé qué hacer.
Me aburro tanto...

7

La moco... Sara, quiero decir, leyó tres días del tirón, sin levantar los ojos de las páginas del diario.

Entiéndeme, no es que se pasara tres días leyendo, sin levantarse del banco, y sin comer, y sin dormir... Lo que quiero decir es que leyó los apuntes de tres días del diario: veintitrés, veinticuatro y veinticinco de abril.

Acababa de verlo y ya me sacaba dos días de ventaja.

Después, cerró el libro y se quedó en silencio, mirando más allá de las vallas y de los obreros.

−La han adoptado −susurró. Parecía haberse vuelto a transformar otra vez, solo que ahora en una niña mayor. Más madura. Aunque, por mucho que se las diera de sabionda, estaba equivocada.

−*Lo* han adoptado −puntualicé−. Es un niño.

Ella regresó del infinito y se me quedó mirando extrañada, como si despertara de un sueño.

–No –insistió. Abrió el diario por la tercera página y señaló con la uña mordida de su dedo índice–. Pone: «A mí me han dejado aquí sola hasta la tarde», y eso significa que es una niña, no un niño. «Sola» es femenino.

¿Ves a lo que me refiero con lo de que me sacaba ventaja?

Qué rabia.

En aquel momento, me dieron ganas de arrancarle el libro de las manos y salir corriendo hasta casa y, una vez allí, encerrarme en

el cuarto de baño o, mejor, en mi habitación, y ponerme a leer todo el diario de cabo a rabo. Desde la primera página hasta la última.

Pero no podía.

Había hecho una promesa, acuérdate.

Le conté a la mo... a Sara, un poco por encima, lo que había pasado, cómo llegó el libro a mis manos y por qué ahora, por culpa de las obras, no podía devolverlo a su lugar.

También le expliqué que solo había leído la primera página porque no me parecía bien invadir la intimidad de otro niño –o niña– y todo ese rollo; y que era una promesa que me había hecho a mí mismo y tenía la firme intención de cumplirla, porque, si no podía confiar ni en mi propia palabra, ¿en quién iba a confiar entonces? ¿Eh? ¿Eh?

Ella me escuchó con atención, y finalmente se encogió de hombros. O sea, que pasaba bastante de mi discurso.

–A mí me da igual leerlo –dijo–, porque siempre que se escribe algo en alguna parte es con la intención de que otro lo lea. Si no, no tendría ningún sentido.

¿De dónde habría sacado esa frase? Seguro que del libro de Lengua. A ella no se le podía haber ocurrido ni en un millón de años. Me apostaba mi gorra roja de la suerte.

A ver, que estábamos hablando de la niña de las coletas que corría delante de su abuela para no volver a casa. ¡La de las competiciones de columpios! Y yo la conocía bien. ¡En muchas ocasiones nos habíamos cruzado por el parque!

Aunque, a veces, las cosas no son lo que parecen.

prejuzgar
Del lat. *praeiudicāre.*
1. tr. Juzgar una cosa o a una persona antes del tiempo oportuno, o sin tener de ellas cabal conocimiento.
No prejuzgues hechos que no conoces.

No. A veces las cosas no son lo que parecen. Como en el libro mostaza.

Volví a recrear en mi cabeza el texto del primer día, que me sabía de memoria, pero ahora cambiando al protagonista por una niña.

«Pobrecita –pensé–. Sea niño o niña, da una pena…».

Sara volvió la cabeza y me miró fijamente.

¡Horror! ¿¡Lo había dicho en voz alta!?

El subconsciente acababa de jugarme una mala pasada, porque una cosa son los pensamientos que uno piensa en su cabeza con total libertad, ya que están destinados a sí mismo, y otra bien distinta lo que se dice en voz alta para que lo escuchen los demás. ¡Ahí sí que hay que tener cuidado al escoger las palabras, si no quieres que se te rían en la cara!

Sara seguía mirándome y yo entorné los ojos para encajar el golpe, como cuando Lucas me lanza uno de sus juguetes.

Ahora venía cuando ella estallaba en una sonora carcajada.

¡Relinchos y más relinchos resonando por el parque!

La mocosa –porque con lo que estaba a punto de hacer ya me daba igual volver a llamarla así– me señalaría con la uña mordida de su dedo índice. Me llamaría blandengue y correría a decírselo a voces a todo el mundo. Pegaría carteles en las farolas. Lo publicaría en internet. Avionetas con pancartas surcarían el cielo de la ciudad pregonando:

VÍCTOR ES UN BLANDENGUE

Me preparé mentalmente para todo eso.

Pero, para lo que sucedió en realidad, no estaba preparado, porque lo que hizo Sara fue posar su mano sobre mi rodilla y asentir con la cabeza:

–Sí, tienes razón –dijo–, da mucha pena. Pero yo creo que hay algo más.

Y comenzó a pasar con rapidez las páginas del libro mostaza, haciendo llegar hasta mí un ligero aroma a frutas del bosque.

No tenía ni idea de a qué se refería, ni quise preguntarle. En parte, por no quedar como un tonto –ya me sentía bastante tonto en aquel momento–, y en parte, porque Sara parecía tan concentrada que daba cosa molestarla. En serio, era como si estuviera intentando desentrañar ella sola el secreto del universo.

Así permanecimos durante un rato, los dos en silencio, compartiendo el banco que estaba oculto debajo del pimentero falso.

–Hola, Víctor.

Y que, todo hay que decirlo, tampoco es que fuera el mejor escondite del mundo. Ni siquiera del parque.

–Hola, Carlos –contesté, porque era Carlos, mi vecino, quien acababa de detenerse frente a nosotros y nos miraba con cara de asombro.

¡Lo que me faltaba!

–¿Qué hacéis? –dijo.

Ja. Buena pregunta. ¿Qué se supone que tenía que contestarle?

Pasaban tantas cosas por mi cabeza que ni yo mismo lo sabía.

Creo que mi cara volvió a convertirse en una carta de colores y fue cambiando de tonalidad hasta que se detuvo de nuevo en la «pimiento rojo».

Menos mal que Sara volvió desde lo más profundo de sus pensamientos para echarme una mano. Si era o no desinteresada, eso aún no podía saberlo.

–Víctor y yo somos miembros de una asociación ornitológica y estamos haciendo un estudio sobre aves urbanas.

Se lo sabía de memoria.

–Ah –dijo Carlos, y se quedó allí plantado, como si no supiera qué decir o qué hacer a continuación. Al cabo, nos mostró una correa de paseo que llevaba en la mano–. Yo estoy buscando a mi perrita Luna. Se ha perdido.

¿Ves como es un desastre? Ya te lo dije.

–Ah, ¿sí? ¿Y de qué raza es? –preguntó Sara.

–No sé. Es blanca y negra. Con manchas. Como las vacas –respondió Carlos. Luego se rascó la cabeza y añadió–: Como las vacas, pero sin cuernos.

No te imaginas lo que me tranquilizó ver que Carlos intentaba hacerse el gracioso con Sara. Porque lo lógico hubiera sido que se hiciera el gracioso conmigo. O, más exactamente, a mi costa. No sé si sabes por dónde voy.

Pero no. Me había vuelto a equivocar.

Estaba visto que aquella mañana no daba una.

Todo salía al revés de como yo me lo esperaba.

–No me suena haber visto ningún perro así –dijo Sara, haciendo memoria–. Pero lo tendré en cuenta, por si la veo. Suelo venir bastante por aquí.

Un pájaro pasó volando por encima de nuestras cabezas.

¡Quit-quit-quit!

Sara alzó los ojos rápidamente y exclamó:

–¡Un pardillo!

Se levantó del banco, se colocó los auriculares, encendió su pistola láser con antena parabólica y, casi gritando, me dijo:

–Mañana te devuelvo el cuaderno de campo, ¿vale?

Y salió corriendo detrás del pájaro, llevándose con ella el libro mostaza.

–¡Espera, voy contigo! –dijo Carlos.

Qué bien, me quedé pensando, un pardillo... Como yo.

Martes 26 de abril

Día 4

Llevo dos días diciéndoles que no me gusta el agua, pero ellos ni caso. El papá nuevo me ha cogido por sorpresa y me ha metido en la bañera mientras la mamá nueva me echaba champú para los piojos y me frotaba la cabeza clavándome las uñas. No me ha gustado nada. Por eso, al primer descuido me he salido de la bañera. No debería haberlo hecho, porque el papá nuevo se ha enfadado mucho. Me ha gritado de una forma... que daba miedo.

8

El sábado por la tarde, Carlos vino a casa.

–¡Hola, Carlos! –escuché decir a papá, a lo lejos–. Sí, está en el comedor. Pasa, pasa, que se alegrará de verte.

Pero no me alegré. De hecho, hasta me dio un poco de rabia, porque me fastidió el final de la peli de detectives que estaba viendo, y así lo hice notar con un sonoro soplido. ¡Llegó justo cuando iban a desenmascarar al culpable!

Mamá se acercó a mí y dijo en voz baja:

–¿Qué importa más, un amigo o una película?

Le encanta hacer preguntas trampa. Pero ya estoy aprendiendo a combatirlas con respuestas trampa:

–Pues depende mucho del amigo y de la película, ¿no?

–Mirad quién ha venido –anunció papá.

–¡Hola, Carlos! –dijo mamá, entusiasmada–. ¿Qué tal está tu madre? Hace unos días que no la veo.

–Hola. Muy bien, gracias –respondió–. Te he traído esto, Marisa. Ya me lo he leído.

Carlos traía un libro en una mano, la correa de su perro en la otra y un montón de preguntas en la cabeza. Mientras atravesábamos el pasillo en dirección a mi dormitorio, ya me había hecho la primera:

–¿Y cómo dices que se llama?

–¿Quién?

Por un momento pensé que se refería al título de la película.

–¡Quién va a ser! ¡Tu amiga, la de los pájaros!

–Sara –le contesté mientras cerraba la puerta de mi habitación a nuestra espalda, quizá un poco más fuerte de lo que se deben cerrar las puertas–. ¡Y no es mi amiga! ¡Que lo sepas!

–Ah. Perdona –se excusó él, rascándose la cabeza–. No lo decía con ninguna intención. Es solo que... bueno... es muy simpática, ¿no?

Yo me encogí de hombros y me senté sobre la cama.

–No te creas.

–¿Y dónde vive?

Ja. Esa sí que era buena.

En aquel momento se me ocurrió una maldad. Me vino a la cabeza así, de repente, y no pude dejarla pasar:

—¿Es que vas a mandarle un ramo de flores?

Luego, más tarde, me arrepentí. Pero tengo que reconocerlo: a veces soy un poco payasete, qué le vamos a hacer, y una oportunidad como esta no se presentaba muy a menudo. Sobre todo, con Carlos.

Por eso tenía que aprovecharla.

Además, antes o después, él me pagaría a mí con la misma moneda. De hecho, conociéndolo como lo conozco, lo normal habría sido que él entrara en mi habitación haciendo bromas y partiéndose de risa por haberme pillado in fraganti en un banco del parque con una niña de cuarto.

Sí, ya sé que estoy muy pesado con esto, pero es que en aquel momento seguía descolocado. ¿Qué le habría sucedido a Carlos? ¡No parecía él! ¡Era como si lo hubieran cambiado por otro Carlos! ¡Una réplica alienígena exacta, solo que tres tallas más sosa!

—No. No es eso.

—¿Entonces? —insistí—. ¿Para qué quieres saber dónde vive? ¿Eh?

Carlos se sentó a mi lado. Permaneció durante unos segundos en silencio, como pensando –o meditando... Sí, meditando suena mejor, más profundo–, y después negó con la cabeza y me dijo:

–No te lo puedo decir.

Claro, los caballeros de verdad, cuando se enamoran, no lo van pregonando por ahí a los cuatro vientos. ¡Había dado en el clavo!

Cogí mi pelota de vóley y empecé a tirarla hacia arriba:

–Pues no te digo dónde vive.

Es una pelota nueva. Nunca la he utilizado porque no sé jugar al voleibol. Mamá me la regaló a principios de curso y me apuntó a clases en el pabellón municipal, pero solo fui un día.

Así que, de vez en cuando, la cojo y juego así: me tumbo en la cama y empiezo a lanzarla hasta el techo, pero sin llegar a darle, porque, si le das, luego vuelve más rápido e incluso puede cambiar de trayectoria...

—Vaaaale, te lo digo.

Le pasé la pelota a Carlos.

—¡Suéltalo!

—No es nada. Solo que he pensado que ahora podría tener un pájaro como mascota, y como ella sabe tanto de pájaros...

—¡Mientes como un bellaco! —exclamé.

Carlos se puso colorado.

Mola cuando es otro el que está en un aprieto, ¿a que sí?

—¿Por qué lo dices?

—Hombre, pues porque también me podrías preguntar a mí, ¿no? Sara te dijo bien claro esta mañana que los dos somos de la asociación esa de los pájaros, y que estamos haciendo juntos un trabajo... muy importante.

Al final, Carlos se vino abajo y confesó. Los malos siempre confiesan. Lo tengo comprobado.

—Es verdad. Me has pillado. Eres tan listo...

Cierto.

—La verdad es que quiero saber dónde vive —continuó— para pedirle prestado su micrófono. Necesito espiar a alguien y grabar su conversación para tener pruebas de... ¡Pero es un secreto! Prométeme que no lo contarás, por favor.

Y me alargó el dedo meñique de su mano derecha. Él no se mordía las uñas.

Se lo estreché. Y se lo prometí.

—Te lo prometo —dije.

—¿Dónde vive?

—No lo sé.

Carlos se levantó de la cama de un salto.

—¿¡Y para eso tanta historia!?

—Pero déjame terminar —le rogué—. No sé dónde vive porque no es del barrio. La que vive aquí es su abuela. Se llama doña Vicenta, y cuando era joven trabajó de trapecista en un circo. Vive en el edificio de la clínica dental.

Lo del circo se lo dije porque a mí me llama mucho la atención, pero creo que a Carlos no le importó en absoluto.

Enseguida me dio las gracias y se fue pitando.

Se dejó olvidada la correa del perro encima de mi cama.

Y, cuando volví al comedor, la película ya había terminado.

Qué rabia.

Miércoles 27 de abril

Día 5

Hoy sí que se ha enfadado conmigo el papá nuevo.
Los gritos de ayer por lo de la bañera no son nada en comparación con los de hoy, cuando ha descubierto que he roto el mando a distancia.
Mi hermano lo había escondido debajo del sofá para que nadie se enterara, pero él lo ha encontrado y se ha puesto a gritar y hasta me ha lanzado una zapatilla a la cabeza.
Menos mal que he conseguido esquivarla.
Yo solo quería ver un rato la tele, para entretenerme hasta que volvieran.
Los días se me hacen tan largos aquí sola...

9

El domingo por la mañana, Sara vino a casa.

Y cuando digo por la mañana, quiero decir muy por la mañana. Tanto que a esa hora el único que se había despertado era Lucas, reclamando su biberón de las ocho.

Papá le abrió la puerta; y no sé qué le contaría ella, pero el caso es que la dejó entrar, así, sin más, y le indicó cuál era mi habitación.

Sara atravesó el pasillo biblioteca y ni se molestó en llamar.

Ella es así.

Entró, levantó la persiana hasta arriba y se puso a golpearme el brazo con la uña mordida de su dedo índice como si fuera un pájaro carpintero.

Toc, toc, toc.

—Despierta, Víctor —me susurró.

—¿Qué?

—Que te despiertes. Tenemos que ir a la policía.

—¿Dónde?

—¡A la policía! —dijo alzando un poco la voz.

—¿¡Qué dices!?

—¡¡Que te despiertes!! —gritó—. ¡¡Que tenemos que ir a la policía!!

Vale, a lo mejor no hacía falta que fuera tan literal con los diálogos, sobre todo al tratarse de una conversación de besugos como la que nos ocupa, pero soy de la opinión de que las historias o se cuentan bien o no se cuentan.

Al poco, logré asimilar las palabras y mi corazón se aceleró tanto que estuvo a punto de salirse de su sitio. No sé cómo habrías reaccionado tú, pero yo di un salto de la cama y grité:

—¿Qué ha pasado? ¿Dónde están mis padres? ¡¡¡Mamáaaa!!!

Sí. Me asusté bastante.

Y creo que con razón, porque una extraña —o casi— se había colado en mi habitación y me había despertado a gritos diciendo no sé qué cosa de la policía. No era ninguna broma.

Lucas, papá y mamá aparecieron por la puerta. En ese orden.

Y sus caras eran un poema. Pero un poema de esos enrevesados que puedes leer hasta cinco veces sin enterarte de nada.

¿Sabes lo que hizo Sara entonces? No lo adivinarías ni en un millón de años.

Se giró hacia ellos, metió una mano en su bolsillo, sacó un papel, lo hizo pedazos rápidamente y lo lanzó al aire convertido en un puñado de confeti.

–¡Feliz día de la familia! –exclamó.

Lucas se echó a reír a carcajadas y corrió a recoger los papelitos del suelo para volver a tirarlos hacia arriba, imitándola.

Papá comenzó a limpiarse las gafas con una esquina del pijama.

Mamá seguía con la boca abierta.

Y yo..., yo me dejé caer en la cama y me cubrí la cabeza con la sábana, como un fiambre. Poco me había faltado para serlo, no te creas. ¡Aquella niña había estado a punto de matarme de un susto! En serio, en aquel momento me convencí de que Sara estaba peor que una regadera de lata. ¿Cómo no me había dado cuenta antes?

Pero... ¿qué quería de mí? ¿Y por qué me estaba haciendo esto? ¿Por qué?

Como ves, mi vida se había convertido en un dilema: todo eran preguntas.

Preguntas agotadoras que no llevaban a ninguna parte.

Me desperté con la sábana sobre los ojos, como un fiambre.

¡Qué fuerte! ¡Había sido un sueño!

Saqué la cabeza y hasta me entró la risa. Sí, esa risita tonta, de alivio, que te da cuando has tenido una pesadilla y te despiertas y te das cuenta de que todo era mentira.

Afortunadamente, el mundo seguía teniendo lógica. Ahora lo veía claro, pero cuando uno está soñando cree que todo es real, que está pasando de verdad, aunque se trate de la situación más dispa-

ratada del universo. Y mira que esta, si no era la más disparatada, se le acercaba bastante.

Salí de mi habitación rascándome el cogote y bostezando como un león. Es una costumbre que tengo.

—Me encanta tu casa, Víctor.

No.

—¡Tenéis millones de libros! Y a mí me gustan mucho los libros, ¿sabes?

No podía ser verdad.

—El otro día terminé uno de doscientas páginas.

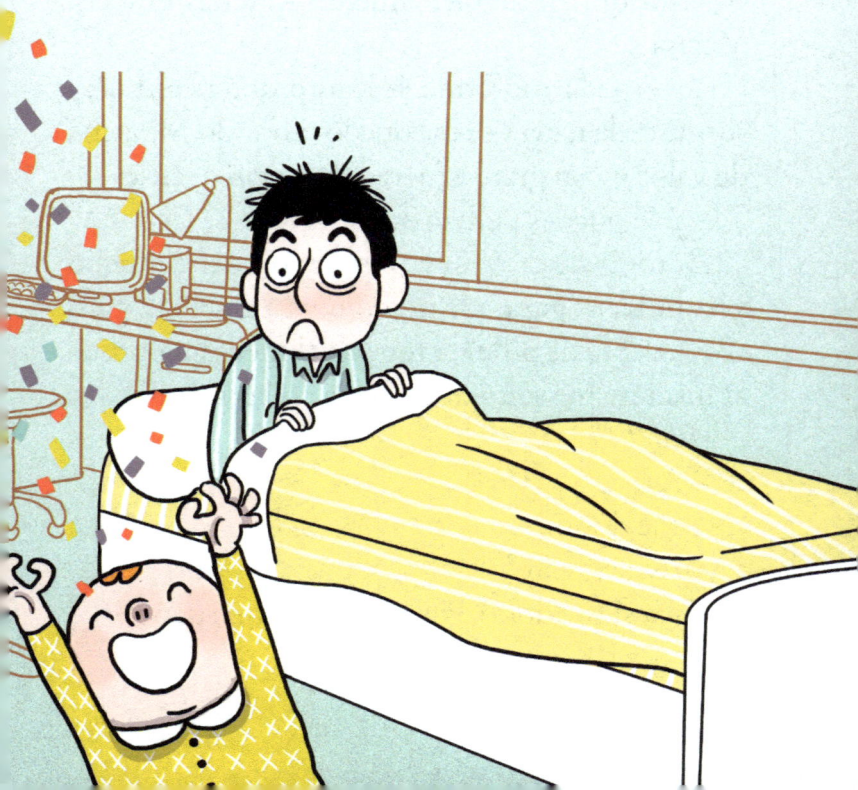

Ella estaba allí, sentada en el suelo del pasillo, con la cabeza inclinada hacia la izquierda, curioseando los títulos de los libros. Y a su lado, en el suelo, colocado de cualquier manera, estaba nada más y nada menos que el libro mostaza.

The return of the mustard book!

–Sara, cariño –dijo mamá desde la cocina–, ya está listo el chocolate.

Al oír aquello, Sara sacó un libro de la estantería, lo colocó sobre el diario y, con ambos bajo el brazo, acudió a la llamada.

–Mmmm, ¡qué bien huele! ¡Muchas gracias, Marisa!

Yo no podía moverme. Te lo juro. Entonces, Lucas surgió de la nada y se me quedó mirando. Me armé de valor y, con gran esfuerzo, conseguí decirle:

–¿Me puedes pellizcar, por favor?

Es un bebé de veinte meses y no tiene mucho vocabulario, para qué nos vamos a engañar, pero sí que debió de pillar el fondo del mensaje, porque al instante me soltó una patada en la espinilla.

¡Plaf!

–¡Ay!

Y me dolió.

–¡Ay, ay, ay, ay!

Vaya si me dolió. Porque no era un sueño.

Cuando me lavé la cara con agua fría tres veces seguidas y conseguí recuperarme –o casi– del susto, entré en la cocina.

Sara estaba allí, sentada en *mi* sitio, tomándose un chocolate caliente en *mi* jarra de Spiderman.

–Buenos días, dormilón –dijo mamá–. Estábamos a punto de ir a despertarte. ¿Quieres un chocolate? Aún está caliente.

Mamá estaba muy rara. ¿A qué venía esa pregunta? Ella sabía perfectamente que no me gusta el chocolate a la taza.

–Qué cabeza. Mira que olvidar que tenías una cita con Sara… Con lo interesante que debe de ser escuchar el canto de los pajaritos al amanecer, despertando la ciudad…

¿Ves a lo que me refiero?

Pajaritos al amanecer…

Mamá no solía decir cosas tan cursis. No sé, era como si estuviera ensayando el guion de una telenovela. Y no es que lo diga yo. Papá también asomó sus ojos por encima del periódico con un levantamiento de cejas que no dejaba lugar a dudas.

Pero, claro, como Sara no la conocía tanto como nosotros, no se daba cuenta de que estaría enferma, o algo, porque aquello no era normal, y se puso a contestarle como si tal cosa.

—Bueno, en realidad es al revés —le explicó—. En las ciudades somos los seres humanos los que despertamos a las aves, por el ruido del tráfico y la luz artificial. Está demostrado científicamente que los gorriones y los estorninos madrugan más en la ciudad que en el campo.

—¡Fíjate, qué curioso! —exclamó mamá, abriendo exageradamente los ojos y asintiendo con la cabeza. Cualquiera diría que se sentía orgullosa de los conocimientos de Sara.

Al final, desconecté y las dejé a las dos hablando de pájaros.

No pienses que fue porque me dio un ataque de celos, ni nada por el estilo. Es que me gusta centrarme en lo que hago mientras desayuno; sobre todo, por las galletas: hay que ser muy bueno controlando tiempos si quieres que las galletas no se queden duras ni se deshagan en la taza. Una milésima de segundo puede ser crucial.

Bueno, para ser fiel a la realidad, he de reconocer que dejé de escuchar la conversación, pero seguí mirándolas.

Sobre todo a Sara. Y me acordé de Carlos.

¿Qué habría visto en ella para que le llamara tanto la atención, que hasta vino a casa a preguntarme dónde vivía inventándose mil excusas?

¿Serían sus ojos? Tal vez, porque eran unos ojos grandes y avellanados.

¿O sería por su sonrisa? Que tampoco estaba mal. Era una sonrisa simpática, nada que ver con las sonrisas caballunas. Qué raro que no me hubiera fijado antes. Y eso que la conocía bastante bien. Nos habíamos cruzado en el parque un montón de veces. ¡Por lo menos, seis o siete!

La verdad es que, ahora que la tenía delante, dando a mi taza de Spiderman unos sorbitos que parecían besos, podía entender a Carlos; porque Sara no era fea.

Se podría decir que era normal, tirando a guapa.

O guapa. Sí.

Y cuando no llevaba coletas, como aquel domingo, parecía mucho mayor. Casi de quinto. Y su nariz respingona era tan graciosa... Se parecía a...

–¿De qué te ríes, Víctor? –preguntó mamá.

–No, de nada –contesté sobresaltado, al tiempo que mis dos galletas se partían por la mitad, caían en la taza y salpicaban de grumos de cacao el mantel y la camiseta de mi pijama–. Que me estaba acordando de un chiste.

–Pues cuéntanoslo –dijo Sara.

Qué oportuna.

–No, da igual. Si es muy malo... –a ver cómo salía yo ahora del atolladero–. Además, no se me da bien contar chistes. No tengo gracia.

–Eso es cierto –afirmó papá tras las páginas del periódico, también manchadas de salpicaduras de cacao–. Mejor que no lo cuente.

Después de desayunar, me cambié de ropa.

Junto a la puerta, antes de salir a la calle, Sara guardó en su mochila el libro mostaza y el libro que le había prestado mamá. Se trataba de *El libro de los gorriones* de Gustavo Adolfo Bécquer.

Estaba claro que a esta chica le había dado por los pájaros.

Caminamos unos segundos en silencio y, para romper el hielo, porque no quería que pensara que yo pensaba cosas que no eran –aunque sí que lo fueran– o que pudieran llegar ser, le dije:

–¿Es verdad que hoy es el día de la familia?

Ella me miró fijamente.

–No sé de qué me estás hablando –dijo sin perder la seriedad.

–Sí, tú dijiste que hoy era el día de la familia. Al despertarme.

–¡Qué va! Yo no he dicho eso. Lo habrás soñado –se reafirmó–. Pero eso ahora no importa. Tenemos que darnos prisa. ¡Sígueme!

Sara iba por delante de mí marcando el paso, abriendo el camino como los *sherpas*.

Y, al doblar la esquina, me abordó.

Frenó en seco, se giró, apoyó sus manos en mis hombros y me empujó contra la pared.

En aquel momento no sé lo que creí. O a lo mejor sí que lo sé, pero no te lo voy a contar porque me moriría de la vergüenza y no es importante para la historia. El caso es que verla así de cerca me dio tanto miedo que cerré los ojos.

–Esto es más serio de lo que pensábamos, Víctor –me dijo. Y, solo cuando volví a abrir los ojos, continuó diciendo–: ¡Tenemos que ir a la policía!

Jueves 28 de abril

Día 6

Hoy no ha pasado nada. Ni bueno ni malo.
Ha sido un día en blanco. Un día triste,
para olvidar.
He estado sola por la mañana. Y sola también
por la tarde, porque, cuando ellos han llegado
a casa, la mamá nueva no ha dejado
a mi hermano salir al balcón para jugar conmigo.
Luego, durante la cena, han estado hablando
de mí, pero no he querido escuchar lo que decían.
Echo tanto de menos a mis amigos...

10

Sara insistió:

—Tenemos que ir a la policía para que encuentren a la niña.

Pero yo era de otra opinión.

—¡De ninguna manera! —exclamé.

—Así podremos devolverle su diario.

—¡Que te he dicho que no! —repetí, cada vez más enfadado—. ¡Yo no voy a ir a la policía!

Me di la vuelta y comencé a andar en sentido contrario.

Ella me agarró del brazo para que no me fuera, pero tenía menos fuerza que yo y perdió el equilibrio. La mochila se le escurrió del hombro y cayó al suelo.

—¡Escúchame, Víctor!

—¡¡Que no!! —dije, sin mirar atrás, sin detenerme, sin querer escucharla—. ¡¡Que no voy a ir a la policía!!

Sara tuvo que echar a correr para ponerse a mi altura.

—Pero ¿por qué no? —me preguntó.

Esa sí que era buena. ¿Es que no estaba suficientemente claro?

—¡Hombre, pues porque no me da la gana de que me encierren en un calabozo! —grité, exaltado—. Claro, a ti te da igual porque tú no has robado ningún diario, ni te has hecho pis en él,

ni lo has leído. Bueno, eso sí, ¡pero lo mío es cien veces peor! Y, además, sabes que a ti no te pasará nada porque tu padre es policía. ¡Y un policía no va a meter en la cárcel a su niña bonita! ¿Me equivoco?

–Pues sí que te equivocas –dijo ella, agachando la cabeza. Ahora ya no estaba tan seria como antes. En un instante había pasado a modo tristeza.

Clic.

Me soltó la mano y dos lagrimones tan grandes como monedas de dos euros se estamparon contra la acera, junto a sus pies–. Vale. Vete. ¡No te necesito!

Sara es una manipuladora.

Lo sé ahora y lo sabía entonces.

Para ella, echarse a llorar de mentira era tan fácil como echarse a reír.

No sé qué hubieras hecho tú en esa situación, pero yo no soy del tipo de niños que dejan a sus amigas –o casi– llorando en mitad de la calle, junto a un contenedor de recogida de vidrio.

Qué le vamos a hacer.

Aunque estuve dudando un rato sobre si hacerlo o no, al final apoyé mi mano sobre el hombro de Sara e hice un amago de caricia. Pero me detuve al instante, porque me sentí un poco tonto. Parecía como si estuviera acariciando a un perro.

No puedo ver llorar a la gente. Y creo que es consecuencia de ello que sea un inútil total en materia de consuelo. Con Lucas nunca lo he hecho. Los que se encargan son papá o mamá.

–No llores más, por favor –le supliqué. ¿Qué otra cosa podía decir?

Se me había hecho un nudo en la garganta. Ahora no me cabía duda alguna de que su llanto desconsolado era verdadero, y sus lágrimas sinceras.

Al cabo de un momento, los sollozos de Sara fueron remitiendo.

Menos mal.

Se limpió las mejillas con la manga, sorbió los mocos sonoramente y, con un movimiento de cabeza, me indicó que la acompañara hacia el parque.

Cruzamos el paso de peatones y entramos. Como era domingo, no había obreros. Y tampoco mucha gente, a causa de las zanjas y las vallas amarillas. De hecho, el parque estaba casi desierto.

Continuamos caminando en silencio, cabizbajos, y fuimos a sentarnos en el mismo banco del día anterior, aquel que había debajo del pimentero falso.

A Sara se le contrajo el pecho con un sollozo y murmuró:

–Mi mochila... El libro de tu madre... y el diario. ¡Lo hemos perdido todo!

Por un momento, pensé que iba a terminar la frase diciendo «por tu culpa», y hasta me preparé las palabras en la recámara que hay debajo de la lengua para contestarle con el clásico «por la tuya».

Pero al menos tuvo la delicadeza de no decirlo, aunque fuera cierto.

Si yo no me hubiera ofuscado tanto con lo de la policía, la mochila no se le habría caído al suelo y no se la habrían robado.

Porque se la robaron, sí.

La mochila se quedó en la acera. Yo me alejé. Sara me siguió y, cuando quisimos darnos cuenta, su mochila verde ya no estaba allí.

Por fortuna, Sara se calmó y después de ese sollozo no vino otro.

—Leí el diario —dijo de pronto, sin venir a cuento—. Lo leí entero, hasta el final. Dos veces.

¿Y ahora qué se supone que tenía que decir yo? ¿Que me alegraba? ¿Que lo sentía? Uf, qué lío. Se me estaban enredando los pensamientos en la cabeza y no sabía por dónde seguir, así que dije lo primero que se me ocurrió:

—¿Y en qué terminaba?

—El último apunte era del día seis de mayo. Una semana antes de que tú te lo encontraras.

—Sí, pero... ¿qué decía?

Sara guardó silencio. Y recuerdo perfectamente que en aquel momento barajé una única hipótesis para explicar su silencio. Pensé que no quería decírmelo porque las páginas del libro mostaza no terminaban con un final feliz. Y se me puso la piel de gallina.

–No se trata de lo que dice –murmuró al fin–, sino de lo que significa.

–No te entiendo.

–Teníamos que encontrar a su dueña. Ella... tiene que tenerlo, porque es suyo. Tenemos que devolvérselo.

–A lo mejor ya no lo quería –dije, aunque sin mucho convencimiento–. ¿No te has parado a pensarlo? Porque si lo quisiera no lo habría dejado en el parque.

Sara asintió con la cabeza.

–Sí. Sí que lo quería. Es suyo y lo necesita. Y también nos necesita a nosotros. Por eso tenemos que encontrarla. No podemos fallarle. Tenemos que ir a la policía.

Y dale con la policía.

No pensaba ir a la comisaría ni loco. Eso lo tenía claro. Si los polis querían encarcelarme por los delitos que había cometido, al menos que se tomaran ellos la molestia de encontrarme, detenerme y leerme mis derechos, como en las películas. Pero no se lo dije a Sara, para que no se pusiera a llorar otra vez.

Ya sabes que no soporto ver llorar a nadie.

Aunque, ahora que lo pensaba, si no había diario, tampoco había delito, ¿no?

La verdad es que, con el robo de la mochila, mi conciencia se había quitado un gran peso de encima.

–Pero ¿me vas a contar lo que ponía en el diario? –volví a preguntarle.

Sara me miró sorprendida.

–¿Cómo te lo voy a contar? ¿Es que ya no recuerdas tu promesa?

–¿Qué promesa? –exclamé. Seguro que era una excusa. Una burda excusa que se estaba inventando para vengarse de mí y llevarme ventaja, porque ella tenía la información y yo no. ¡Y todo el mundo sabe que quien tiene la información tiene el poder!

Pero enseguida me acordé.

Sí, la promesa... Cuántos problemas se habrían ahorrado en la historia de la humanidad si la gente no fuera por ahí haciendo promesas al tuntún.

–¿De verdad que no me lo quieres contar por eso?

Sara se colocó la mano sobre el pecho, solemnemente, y dijo:

–Te doy mi palabra.

Yo la creí, por supuesto.

Pero me estaba mintiendo.

Como tantas otras veces.

Viernes 29 de abril

Día 7

Esta noche, los vecinos han subido a quejarse.
Dicen que me paso el día llorando.
El papá nuevo se ha enfadado y ha empezado
a decir que había sido un error, que no me tenían
que haber adoptado, que él no quería
y que todo era por culpa de mi hermano.
La mamá nueva le ha dicho que por qué
no me devuelven, pero él no quiere. Dice que eso
no se puede hacer, porque se reirían de ellos.
Y ha dado un golpe en la pared.
Mi hermano me ha abrazado y nos hemos metido
los dos en su habitación, debajo de la cama.
Él también lloraba.

11

Al final, con la intención de pasar página y olvidarnos de este asunto, me encogí de hombros y acabé diciéndole a Sara lo que me pasaba por la cabeza.

–Al menos ya no tenemos que ir a la policía. Hemos perdido el diario; y si no hay prueba, no hay delito. Se acabó.

Era una frase normal y corriente, ¿verdad?

Eso mismo es lo que yo pensaba cuando la dije. O sea, que no esperaba que me dieran un premio por ella, ni nada por el estilo. Pero, a oídos de Sara, debió de sonar algo así como si le acabara de decir que nos había tocado el gordo de la lotería.

Se levantó del banco dando un salto y exclamó:

–¡Claro! ¡Tienes toda la razón! ¿Cómo no me he dado cuenta antes? ¡Eres un genio, Víctor!

Eso es lo que siempre dice mi abuelo, el que ve películas del Oeste. Pero hay una pequeña diferencia. Cuando me lo dice mi abuelo es porque he sacado buenas notas o porque le sintonizo los canales de la tele. Ahora, sin embargo, no tenía la menor idea de por qué Sara me decía que era un genio.

Y ella debió de ver la ignorancia sobrevolando por encima de mis orejas, porque enseguida me lo explicó.

–¡No ha sido un robo casual! ¡Nos han quitado la mochila aposta para llevarse el diario! ¡Así ya no podemos ir a la policía! ¿No te das cuenta? ¡Nos están espiando!

Aquello no tenía ni pies ni cabeza.

¿Cómo nos iban a estar espiando? ¿Quién? ¿Y para qué?

Estuve a punto de decírselo. Abrí la boca y tomé aire...

Pero después volví a cerrarla.

¿Que por qué lo hice? Pues porque me dio pena. Ya sabes que empatizo mucho con la gente; y, no sé, ahora, al pasar a modo espías, Sara se estaba animando tanto... Ya casi no quedaba rastro de la congoja de hacía un rato. Solo los ojos, hinchados levemente, y algún que otro sorbido de nariz.

Sara me miraba con sus ojos avellanados, fijamente, esperando a que me pronunciara.

¡Pero a mí no se me da bien mentir!

Cualquiera que me conozca un poco sabe detectar mis mentiras a kilómetros de distancia. Aun así, sabiendo que no resultaría nada creíble, porque en realidad pensaba todo lo contrario, intenté decirle aquello que quería oír.

–Sí, sí. Puede que tengas razón...

–¡Claro que tengo razón! –afirmó exaltada. Me cogió de la mano, tiró de mí para levantarme del banco y continuó diciendo–: Tenemos que hacer una lista de sospechosos. Vamos a tu casa, que está más cerca. Necesitamos lápiz, y papel, y algo de comer. Creo que me ha bajado el azúcar. ¡Rápido!

Papá nos abrió la puerta, pero no nos hizo ni caso. Desapareció al instante, persiguiendo a Lucas, que se había apoderado del periódico y amenazaba con desarmarlo en décimas de segundo.

Cruzamos el pasillo biblioteca, entramos en mi cuarto y...

Y... ¿a que no sabes lo que había encima de mi cama?

Pues sí. Allí estaba nada más y nada menos que...

Redoble de tambores:
¡TRRRRRR!
¡La mochila de Sara!

–¡Mi mochila! –exclamó ella, como si nadie más se hubiera dado cuenta–. ¡Es mi mochila!

Dentro estaban su libreta, su estuche, el libro de Bécquer que le había prestado mamá, la pistola con micrófono parabólico de largo alcance y una caja de lata que abrió dándose la vuelta disimuladamente, para que yo no viera lo que guardaba en su interior.

Al parecer, no faltaba nada, salvo el diario. Porque el libro mostaza sí que había desaparecido.

Sara me miró complacida.

–¿Te lo dije, o no te lo dije?

No, si al final iba a tener razón. Y no te creas que me hacía mucha gracia, porque allí estábamos de nuevo Sara y yo jugando a los policías, pronunciando en voz alta –y al mismo tiempo– la pregunta obvia:

–¿Cómo habrá llegado hasta aquí?

–¿De verdad que no habéis sido vosotros? –dijo mamá, recogiéndose el pelo frente al espejo del lavabo–. No sé. Sonó el timbre, abrí la puerta y la mochila estaba sobre el felpudo. Pensé que la habíais dejado para no cargar con el peso.

Cuando le explicamos que no, que en realidad nos la habían robado, mamá se sorprendió un poco.

–Qué va. La habréis perdido por ahí y alguien que conoce a Víctor la ha traído a casa. Aunque es un poco raro que la haya devuelto de esta forma tan... anónima –observó mientras se calzaba las deportivas–. Pero no creo que haya sido un robo. ¿A que no os falta nada de lo que llevabais dentro?

–No –contesté yo.

–Sí –contestó Sara.

Disimuladamente –o casi–, le di un codazo.

–Bueno... –rectificó ella–, quiero decir que lo único que nos falta es una explicación. Porque siempre hay una explicación para aclararlo todo.

Mamá sonrió y nos revolvió el pelo.

–Qué chicos más listos –dijo, a la vez que cogía el móvil y se lo ajustaba al brazo–. Formáis una buena pareja de detectives, así que seguro que entre los dos resolvéis el enigma. ¡Mario, salgo a correr! ¡Vuelvo en treinta minutos! ¡Cuida de que Lucas no se meta nada en la boca!

–No creo que tenga hambre –se oyó decir a papá desde el comedor–. Ya se ha comido las ofertas de trabajo y media sección de deportes...

Sábado 30 de abril

Día 8

Ya no sé qué es peor: si estar sola
o acompañada.
El papá nuevo no ha parado de gritarme
en todo el día: que si no hagas eso,
que si no entres ahí, que si no toques aquello...
Y no solo a mí. También les grita todo el rato
a mi hermano y a mi mamá nueva.
¿Por qué se comportará así?
Al final, me he escondido debajo de una cama
para no molestarle.
¡Y también eso le ha molestado!

12

Sara estaba emocionadísima con que se hubiera confirmado la hipótesis de la conspiración.

–¿Lo ves? –gritaba, dando saltos sobre mi cama–. ¡Yo tenía razón! ¡Lo sabía! ¡Nos estaban siguiendo! ¡Somos los protagonistas de una película de espías! ¡Y vamos por el buen camino!

Aprovechó el último de los saltos para caer sentada en la cama y, apoyándose la uña mordida de su dedo índice sobre la sien, se preguntó en voz alta:

–Pero ¿quién será el malo?

Buena pregunta. Eso me gustaría saber a mí…

Y, de repente, la respuesta apareció en mi cabeza. En ese preciso instante lo supe, y un escalofrío recorrió todo mi cuerpo:

–¡Es Carlos! –grité.

–¿Carlos?

–Sí, Carlos. ¡Mi vecino!

–¿En serio? –Sara no parecía muy convencida–. No puede ser. Carlos es un chico. Como mucho, podría ser la hermana de Carlos. ¿Sabes si han adoptado una niña?

–No. Es hijo único.

–Entonces, ¿por qué tendría que ser él?

Me encogí de hombros.

–No sé. A lo mejor se me ha ocurrido porque ayer nos vio en el parque, sentados en el banco. Estaba raro. Vio que te llevabas el libro mostaza. Y luego, por la tarde, vino a casa preguntando por ti.

Lo cierto es que encajaba bastante. No se me ocurría ningún malo alternativo que se fuera a tomar la molestia de devolvernos la mochila después de llevarse el diario. Si no era Carlos, ¿quién iba a ser?

Sara levantó la barbilla y una de sus cejas. Ambas a la vez.

–Un momento, un momento –dijo, interrumpiendo mi reflexión–. ¿Dices que vino ayer a preguntarte por mí? ¿Y qué fue lo que te preguntó exactamente? Y, lo que es más importante, ¿por qué no me lo habías contado antes?

Uy, cuántas preguntas seguidas.

Alguien estaba en un aprieto...

—Bueno, en realidad dijo que quería otra cosa, pero era una excusa tan tonta que no me la creí, y por eso pensé...

—¿Qué? —me interpeló, obligándome a que terminara la frase—. ¿Qué pensaste?

—No sé. Como vino enseguida, con tanto interés —me rasqué el cogote y miré hacia la ventana, ruborizándome—, pensé que era porque le gustabas.

Aquello la pilló por sorpresa.

Sara abrió los ojos, abrió sus fosas nasales, y por un momento temí que fuera a transformarse allí mismo como había hecho en el parque. Es curioso. Cuando se enfadaba, bajaba de golpe tres escalones en la escala de maduración infantil.

Me recordó al viernes, en los columpios.

—¡Anda ya! —gritó—. ¡No seas mentecato!

¿Lo ves?

Ella también se ruborizó un poco. Pero, como es tan orgullosa, se dio la vuelta para que no la viera y estuvo un rato fingiendo que se interesaba por mi estantería de superhéroes. Cogía al increíble Hulk, lo miraba, le daba la vuelta, lo volvía a colocar, cogía al Capitán América...

—¿Y cuál fue la excusa? —me preguntó después de inspeccionar a Batman.

Antes de contestarle, fui hasta mi estantería y coloqué a mis superhéroes en su posición exacta. Soy un poco maniático en este sentido. No me gusta que nadie descoloque mis cosas.

–Dijo que quería pedirte la pistola parabólica para grabar una conversación, creo, o algo así. Y que era un secreto y no se lo podía contar a nadie. Hasta me hizo prometerlo.

–Pues menos mal que le prometiste no contarlo... –soltó ella, burlándose.

A continuación, volvió a sentarse en la cama y entornó los ojos. Parecía que su cerebro trabajaba a toda velocidad estableciendo conexiones, barajando hipótesis, buscando indicios, interconectando tramas...

–¡Ya lo tengo! –exclamó.

Pero no me lo creí.

Era como el cuento de Pedro y el lobo, por favor. Tanto ya lo tengo, ya lo tengo... Uno se lo puede creer la primera vez. Dos veces, si eres un poco ingenuo, como yo. Pero a estas alturas, la cosa se complicaba cada vez más y estábamos absolutamente perdidos. Toda la historia se basaba en conjeturas. No había ni una sola evidencia.

–¡Carlos quiere mi amplificador de sonido con antena parabólica –empezó a decir, visiblemente orgullosa por el descubrimiento– para grabar a la familia adoptiva! ¡Las discusiones y los gritos del padre! ¡A lo mejor son sus vecinos, o alguien cercano, y él también quiere denunciarlos a la policía! ¡Tenemos que ir a hablar con él inmediatamente! ¡Estamos todos en el mismo barco!

Ahí fue cuando me perdí.

–¿Gritos? ¿Discusiones? ¿De qué estás hablando?

Sara tomó aire por la nariz y después lo expulsó sonoramente.

–Estoy hablando de malos tratos.

Tragué saliva. Una o dos veces. Y, con gran esfuerzo, conseguí preguntar:

–¿A la niña adoptada?

Sara asintió.

Me mordí los labios e intenté aguantar el sollozo que en ese momento me estallaba en la garganta. Lo intenté con todas mis fuerzas, pero creo que sin mucho éxito.

–Por eso llevo todo el día insistiendo en que vayamos a la policía –dijo Sara, pasándome un brazo por encima de los hombros–. Y por eso no te quería contar lo que ponía en el diario. Las promesas me importan un bledo. Pero sé que eres muy sensible. Viendo cómo te afectó lo del primer día, no quería ni pensar en cómo te afectarían el resto de las anotaciones. Créeme, es mejor que no lo hayas leído.

Solo tardé unos segundos en recuperarme.

–Pero... me has mentido –le reproché.

–Qué va –dijo ella, quitándole importancia–. No es una mentira. Es una mentirijilla. Todo el mundo las dice.

–A mí no me gustan ni las mentiras ni las mentirijillas. Así que no vuelvas...

–Vale –me cortó–. Entendido. No volveré a mentirte nunca más, y te pido disculpas por todas las mentiras que te he dicho hasta ahora.

–¿Es que hay más?

–Poca cosa: mi padre no es policía, no pertenezco a ninguna asociación ornitológica y mi abuela nunca trabajó en un circo –levantó un dedo–. En teoría, esta mentira es suya; pero, como soy cómplice, también me considero responsable. Puestos a decir la verdad...

Pues menos mal que casi no me había mentido. Y no solo ella. También doña Vicenta.

¡Qué familia!

Al ver mi cara de desagrado, Sara esbozó una sonrisa.

–¡Pero mira el lado positivo! Si no sabes nada sobre mí, así tengo más cosas que contarte a partir de ahora. Venga, no me mires así. Te prometo que no volveré a mentirte. Palabra de honor –dijo, posando su mano sobre el pecho–. ¡Y ahora vamos a ver a Carlos!

–Pero si es la hora de comer...

–¡Da igual! ¡Vamos!

Abrí el cajón de mi mesa de estudio, cogí la correa del perro que Carlos se había dejado olvidada en mi habitación y salí corriendo detrás de ella.

Para entonces, Sara ya estaba en la calle, apremiándome para que fuera más rápido.

Domingo 1 de mayo

Día 9

Hoy, mi hermano y yo hemos ido a jugar
al parque. Es la primera vez que vamos.
Nunca antes había estado allí.
Mientras jugábamos, me he escondido en un seto.
Lo he hecho adrede, porque quería despistarlo
y escaparme para volver a mi antigua casa,
con mis amigos...
Cuando mi hermano ha visto que no me encontraba,
se ha puesto muy nervioso.
Me llamaba a gritos, y se le veía tan preocupado
que al final he salido de mi escondite.
Lo siento mucho por él, pero está decidido.
No quiero vivir en esta casa. Me voy a escapar.
Tal vez a la próxima.

13

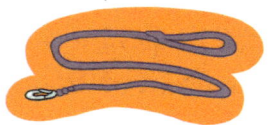

—Pero ¿no decías que era tu vecino? —se quejó—. ¡Hemos recorrido kilómetros!

Sara es una exagerada; sobre todo, cuando está impaciente, y ahora lo estaba.

Se le notaba en el brillo de los ojos, y en que iba corriendo hacia delante, hacia atrás, rodeándome en círculos. Parecía un perrito que está feliz por salir de paseo.

—A ver, vecino vecino no es. Pero vivimos muy cerca. En la misma calle.

Señalé una puerta con barrotes de hierro sobre la que había un número treinta y cuatro de chapa.

—Es aquí.

Toqué al telefonillo.

¡Piiii!

—¿Sí? —la voz que surgió parecía la de un robot, pero era Carlos.

—¿Eres Carlos?

—Sí.

¿Lo ves?

–Soy Víctor. ¿Me puedes abrir la puerta?

Carlos tardó al menos diez segundos en decidirse. Y no estoy exagerando. Al final abrió la puerta y entramos en su edificio.

Comenzamos a subir la escalera. Ahora Sara no tenía tanta prisa. Le faltó tiempo para decirme que fuera delante y que hablara yo cuando llegáramos arriba.

–¿Y qué le digo? –susurré.

–Qué le vas a decir –me contestó en voz baja–. Que si es él quien nos ha robado el diario, y por qué. Pero no le hagas preguntas que pueda contestar con un sí o un no. Hazle preguntas abiertas, para que se enrolle y desembuche.

–Pues a la pregunta de si nos ha robado el diario solo puede contestar con un sí o un no...

–Ya, a esa sí –se excusó, empujándome en la espalda para que siguiera subiendo–. Me refiero a las demás.

Pero no subimos más. Nos quedamos allí, en el primero, porque más arriba se oyó una puerta que se abría, y el eco de unos gritos, y una puerta que se cerraba.

Después, un galope de caballos que bajaban los peldaños de las escaleras de dos en dos, y al instante apareció Carlos, arrastrando su brazo por el pasamanos. Traía mala cara.

Al verlo, me quedé bloqueado. No sabía qué decirle. Además, tampoco era el lugar más apropiado para empezar una conversación.

Por eso, lo que hice fue estirar la mano y ofrecerle la correa de su perro.

Carlos la recogió con las dos manos, con sumo cuidado, y bajó los ojos.

–Gracias –dijo–. Pero ya no la necesito.

Se veía tan apenado que, en aquel momento, parecía que fuese a...

–¿Robaste tú el diario? –soltó Sara, de buenas a primeras.

Qué oportuna.

Me dio tanta rabia que noté cómo la sangre comenzaba a hervirme dentro de todas y cada una de las venas de mi cuerpo, y me subía hasta la cabeza, y se me cerraban los puños, y... y...

En aquel momento, de buena gana le hubiera dado a Sara un pisotón en el dedo gordo de su pie derecho. Te lo digo de verdad. No suelo tener este tipo de reacciones violentas, pero es que ella se había pasado de la raya.

Uno no puede aprovecharse así de los momentos bajos de otro –aunque no sea tu amigo– para sonsacarle la información que desea.

Vale, también es cierto que uno no puede ir por ahí dando pisotones en los dedos gordos de los pies derechos de los demás. Estoy totalmente de acuerdo contigo.

Y por eso no se lo di.

Una cosa es lo que te viene a la cabeza en un momento dado, así, con el enfado, y otra muy distinta lo que realmente haces. Lo primero no lo podemos elegir. Lo segundo, sí.

Carlos miró a Sara y entornó los ojos.

–No –dijo tranquilamente. Y me extrañó. Al parecer, la pregunta me había sentado a mí mucho peor que a él–. Yo no he robado ningún diario. Los que lo habéis robado sois vosotros. Porque ese diario es mío.

¿Qué? ¿Cómo te quedas?

Pues así, más o menos, me quedé yo.

Carlos se agarró al pasamanos de la barandilla y continuó bajando los escalones de dos en dos.

–Vamos al parque –dijo desde el rellano.

Y allí fuimos.

Nos sentamos los tres en el banco que había debajo del pimentero falso.

Yo estaba en medio.

Carlos jugueteaba con la correa, enrollándola y desenrollándola en su mano.

–Pero... No puede ser tuyo –dijo Sara, por fin. Y me alegré, porque algo había cambiado. Ahora su voz era dulce y pausada. Actuaba con más delicadeza y consideración.

Carlos asintió con la cabeza. Pero no dijo nada.

Entonces fui yo quien intervino, con una apreciación un poco absurda:

–Tú no eres una niña...

–Ya. Es inventado.

¿Inventado?

–¿Inventado? –exclamó Sara, levantándose de un salto. Su tono de voz había cambiado como de la noche al día. Estaba muy enfadada–. ¿Y por qué lo has hecho? ¿Eh? Porque eso no se hace. Es jugar muy sucio. ¿Sabes que esta noche apenas he podido dormir pensando en la niña, y en los malos tratos, y en dónde estaría, y en qué le habría pasado desde que se escapó? ¿Eh? ¿Lo sabes? ¿Lo sabes?

Carlos se encogió de hombros.

–No te preocupes. Ha vuelto al albergue, con sus amigos.

–Ah, ¿sí? ¿Ese es el final de tu historia inventada? Pues lo podías haber escrito en la última página, y así me habrías ahorrado el disgusto.

–No. Me lo dijeron ayer. Por teléfono.

Yo, en aquel momento, me sentía bastante tonto mirando hacia un lado y hacia el otro, como si estuviera viendo un partido de tenis sin saber absolutamente nada de tenis. Estaba perdido. No sabía si era porque no había leído el diario. Aunque Sara también parecía confundida.

–¿Me quieres decir de qué estás hablando? ¿Te lo inventaste, sí o no?

Vaya con la detective. ¿No decías que no había que preguntar cosas que se pudieran contestar con un sí o un no?

–Sí –dijo Carlos–. Y no.

¡Toma contestación!

Sara bufó como un caballo. Cada vez se estaba enfadando más.

Menos mal que Carlos, por fin, se decidió a explicarlo todo:

–Empecé el diario el día que adoptamos a Luna. Mi perra. Pensé en cómo se sentiría, en qué pasaría por su cabeza, y lo escribí. Es de mentira, porque los perros no escriben diarios. Es inventado, porque ella no sabe hablar. Pero todo lo que pone es cierto. O pasó de verdad o, si no pasó de verdad, así fue como yo entendí que ella lo vivió.

Sara volvió a sentarse en el banco.

Se dejó caer.

–Entonces, ¿al final se escapó?

Carlos volvió a asentir con la cabeza. Seguía cabizbajo, jugando a enrollarse y desenrollarse la correa en las manos.

–Sí, el sábado pasado. La estuve buscando durante toda la semana, pero ayer por la noche nos llamaron de la protectora de animales para decirnos que Luna había regresado. Estaban muy enfadados porque no les habíamos dicho que se había escapado. Creo que nos van a poner una denuncia. Y mi padre me echa todas las culpas a mí.

Carlos agachó la cabeza y empezó a sollozar.

Sara y yo le pasamos una mano por encima del hombro.

Y allí, sentados en aquel banco, ocultos –o casi– bajo el pimentero falso de un parque desierto y en obras, los tres lloramos juntos.

Lunes 2 de mayo

Día 10

Hoy el papá nuevo no ha ido a trabajar.
A partir de ahora, va a estar todo el rato
en casa.
Por la tarde, cuando mi hermano ha llegado
del colegio, se ha pasado un buen rato
buscándome. No me encontraba porque
me había escondido en el rincón de la lavadora.
Al cogerme, se me ha escapado un aullido.
No ha hecho falta más.
Solo con eso, mi hermano se ha imaginado
que el papá nuevo me había pegado.

14

Sara se quedó a comer con nosotros.

Aunque lo de comer es un decir. Nos pasamos todo el rato hablando, explicándoles a mis padres todo lo que había pasado en los últimos dos días.

–Esa es la magia de la escritura –dijo mamá después de apurar el café de su taza–. Carlos empezó a escribir lo que se imaginaba que sentía su perrita, y acabó escribiendo lo que sentía él realmente. Es como si necesitara contar su realidad, pero escudándose en otro personaje...

–¿Lo ves? –apuntó Sara con su voz de sabionda–. Ya te dije que siempre que uno escribe algo es para que otro lo lea. ¿A que sí, Marisa?

Mamá me miró y esbozó una sonrisa.

–Bueno, tal vez en algunas ocasiones sí, pero no siempre. La escritura también es un ejercicio de introspección. Nos ayuda a conocernos a nosotros mismos. Por eso se escriben diarios. ¿Nunca habéis probado a escribir uno?

Se levantó del sofá, salió del comedor y al instante volvió con dos cuadernos nuevos. Uno era de color azul y el otro naranja.

Le dio el azul a Sara y el naranja me lo dio a mí.

—Aquí tenéis —dijo—. Por si os animáis a probarlo.

Después, mamá se recogió el pelo, cogió su bolso de la percha e intercambió un gesto de complicidad con papá:

—Mario, voy a salir un momento. Cuando se despierte Lucas, dale la merienda, ¿de acuerdo?

Y se fue.

No dijo adónde iba.

Tampoco nosotros se lo preguntamos.

Pero me gusta imaginarme que, aquella tarde de domingo, mamá se fue a ver a Carmen, la mamá de Carlos.

Y me gusta imaginarme que las dos se sentaron juntas, y que mamá también le pasó una mano por encima del hombro.

Sábado 21 de mayo

SEGUNDA TEMPORADA

Día 1

Hoy es el día.

Mis amigos se han puesto a alborotar junto a la puerta, pero solo ha sido por armar follón, porque saben que me quiero ir.

Hoy, Carlos, mi hermano Carlos, ha vuelto a por mí.

Al verlo me he llevado una gran alegría.

Con él venían la mamá nueva y un niño y una niña a los que no conozco de nada, pero al parecer ellos sí que me conocían a mí,

porque me llamaban por mi nombre.

El papá nuevo no ha venido.

Carlos me ha dicho que se ha ido a vivir a otra casa por un tiempo.

Por un lado se alegra, pero por el otro está triste.

Se lo noto.

Pero cuando me abalanzo sobre él y le lamo las orejas, al menos por un momento, Carlos se olvida de las tristezas.

Cómo arreglar un libro mojado

Iniciado por @victor2006 el 13 de mayo a las 21:36 h
74 comentarios

👁 Seguir este tema

Hola a todos. Tengo que cerrar esta conversación del foro, porque precisamente hoy se ha terminado la historia. O ha empezado otra. Depende de cómo se mire.

En cualquier caso, la que empieza hoy es otra historia distinta, con otro título y otros personajes. Así es la vida.

¡Pero vaya historia! Se me ponen los pelos de punta cuando lo junto así, todo en mi cabeza, desde el principio hasta el final.

Sara dice que lo escriba. Que quedaría un libro chulo.

Sara es mi mejor amiga.

Y... quién sabe. A lo mejor algún día me animo.

Ahora no. Estoy demasiado ocupado con mi diario.

por @victor2006 el 21 de mayo a las 20:47 h

♡ Me gusta   Dejar comentario

TE CUENTO QUE CLARA SORIANO...

... de pequeña, junto a su hermana y sus primos, organizaba expediciones superimportantes y ultrasecretas. Una vez, caminaron hasta el pueblo de al lado para entrar en una casa encantada. Se rumoreaba que, una vez dentro, podías escuchar susurros de fantasmas. Entraron y, justo antes de escuchar el primer quejido, alguien pisó un cristal y su crujido sonó con tanta fuerza que todos salieron espantados de allí. Los días que no salía de expedición los dedicaba a leer libros, muchos libros, y a inventarse historias sobre casas encantadas.

Clara Soriano nació en Cartagena y vive desde hace unos años en Barcelona. Trabaja para varias editoriales de libro infantil, libro de texto y cómic. Ha hecho sus pinitos en animación y ha trabajado en proyectos publicitarios. En 2014 recibió el Premio al Autor Revelación Divina Pastora en el Salón Internacional del Cómic de Barcelona.

TE CUENTO QUE ROBERTO ALIAGA...

... escribió este libro gracias a su hija. Un día, mientras jugaban a improvisar cuentos, ella le pidió una historia donde aparecieran un niño, un perro y un diario. Así que se podría decir que es su musa. O su fuente de inspiración... O su vínculo con la infancia... Porque a Roberto le gusta mirar a los niños a los ojos y, para eso, todos tienen que estar a la misma altura.

Roberto Aliaga nació en Argamasilla de Alba (Ciudad Real) un martes y trece de 1976. Ha ganado varios premios; sus libros se han traducido a dieciséis idiomas y desde 2009 se dedica en exclusiva a la literatura infantil. Desde entonces ha realizado numerosos encuentros con sus lectores en bibliotecas y colegios. Quién sabe, a lo mejor algún día pasa también por el tuyo...

Si te ha gustado este libro, visita

LITERATURA**SM**•COM

Allí encontrarás:

- Un montón de libros.
- Juegos, descargables y vídeos.
- Concursos, sorteos y propuestas de eventos.

¡Y mucho más!

Para padres y profesores

- Noticias de actualidad, redes sociales y suscripción al boletín.
- Propuestas de animación a la lectura.
- Fichas de recursos didácticos y actividades.